SOBRE ILHA VENOM

**Bem-vindo ao Território Exilado, lar dos Alfas
mais letais do planeta.
Esses seres não se dão bem com os outros. Eles
foram banidos.
E um avião cheio de Ômegas acabou de cair nas
ilhas deles.**

Estamos sendo caçadas.
Os rugidos ferozes nos seguem.
Os uivos nos assombram.
Os nós nos chamam.
E a selvageria nos aterroriza.

Algumas conseguirão escapar.
Outras, serão capturadas.
Três serão *reivindicadas*.

Meu nome é Caja. E esta é a história de como um Alfa

chamado Enrique me salvou dos horrores do Território Bariloche.

E acabou fazendo com que nosso avião caísse na Ilha Venom...

Nota da autora: A série Território Exilado apresenta três livros de romance independentes, rápidos e cheios de ação. Cada história garante um final feliz e pode ser lida em qualquer ordem.

Para aqueles que gostam de leituras rápidas e complicadas com finais felizes.
Enrique está pronto para te fazer ronronar, pequeno tesouro...

ILHA VENOM

Bem-vindo ao Território Exilado, lar dos Alfas mais letais do planeta.
Esses seres não se dão bem com os outros. Eles foram banidos.
E um avião cheio de Ômegas acabou de cair em suas ilhas.

Esse mundo não é gentil. É futurista e distópico, e mais de noventa porcento da população humana não existe mais. Os sobrenaturais estão no comando aqui, e as localidades são geralmente chamadas de "territórios", onde os Alfas ditam as regras e todos os outros obedecem. Aqueles que não obedecem são mortos ou enviados para o Território Exilado.

Ilha Venom.
Nightmare Island.
Outcast Island.

Todas essas ilhas fazem parte do famoso Território Exilado. Elas são governadas e regidas de maneiras totalmente diferentes. As espécies sobrenaturais e suas dinâmicas podem variar. E elas se autogerenciam.

Há apenas uma regra que se aplica a todo o Território Exilado: uma vez que você tenha sido marcado para o exílio, não há como voltar atrás. O Território Exilado é seu lar agora. Abrace-o. Sobreviva a ele. Ou morra.

Alfa Enrique e Ômega Caja são os personagens principais da *Ilha Venom*, um lugar onde o caos reina. É uma selva, repleta de seres mortais e que precisa desesperadamente de uma mudança de regime.

Abaixo estão alguns temas que você pode encontrar em *Ilha Venom*:

✓ Consentimento entre os protagonistas

✓ Menções de não consentimento/estupro envolvendo personagens terciários

✓ Infância difícil da mocinha (privação forçada de comida/água, cativeiro, figura paterna abusiva)

✓ Sem drama de "outra mulher" ou "outro homem" (sem traição)

✓ Gravidez/reprodução

✓ Energia primal

✓ Macho alfa possessivo e exagerado

✓ Vibrações do tipo *toque nela e morra*

✓ Nó, Ninho, Ronronar, Rosnar (bem, obviamente o livro não estaria completo sem essas coisas, certo?)

Divirta-se! <3

CAJA

Um estalo alto sacode a estrutura da minha jaula, fazendo os pelos dos meus braços se arrepiarem.

Gemidos ecoam ao meu redor.

Soluços também.

Sou nova neste inferno, mas sempre soube que esse seria o meu destino. Meu Alfa — aquele cuja semente me deu vida — me falou sobre isso há muito, muito tempo.

— Quando você atingir a maioridade, irá para o playground do Alfa Carlos — ele cuspiu em mim, enojado com a minha própria existência.

Eu era uma Ômega. Inútil. Só valia o preço que o Alfa do Território Bariloche estivesse disposto a pagar por minha existência.

Mas não era muito, por isso o hematoma em meu queixo.

— Eu deveria tê-la matado quando você era um filhote — meu Alfa rosnou antes de me enfiar na jaula.

Há quantos dias isso aconteceu? me pergunto, com os braços ao redor do abdômen, enquanto luto contra os

1

calafrios que percorrem minha coluna nua. *Quando foi a última vez que comi ou bebi alguma coisa?*

O tempo é esquivo aqui. Uma provocação. Uma maneira de impor obediência e aterrorizar os habitantes dessa prisão subterrânea.

Engulo em seco enquanto outro tremor sacode minha gaiola. Não sei o que está por vir, mas é intenso.

— O que é isso? — uma das Ômegas próximas pergunta com a voz um pouco acima de um sussurro.

— Não sei — outra responde, com um sotaque pesado e estranho para meus ouvidos de loba.

Aperto ainda mais os joelhos no peito e minha coluna contra as barras cruzadas atrás de mim. Não posso ficar de pé na gaiola, apenas me ajoelhar, o que não quero fazer porque o fundo de metal penetra em minha pele exposta.

Outro tremor vibra em meu ser à medida que as explosões ficam mais altas e mais fortes.

Por dentro, meu animal geme, apavorada com o que está acontecendo. Por fora, controlo a respiração e tento regular os batimentos cardíacos.

Meu Alfa me ensinou a ficar quieta e imóvel. Ele odiava minha voz. Detestava qualquer som que eu fizesse.

— A única coisa para a qual uma ômega serve é para receber o nó — ele dizia. — E eu não consigo dar o nó em você. Portanto, agradeça por eu deixá-la respirar.

Eu era sua única filha mulher, os outros eram homens que se sentiam da mesma forma que meu Alfa.

— Inútil — eles me diziam todos os dias.

Porque nada do que eu fazia estava certo. Eles odiavam minha comida. Odiavam minha faxina. Odiavam minha própria existência.

E o mesmo acontecia com as outras Ômegas.

— Você não tem motivo para chorar — minha cuidadora, uma Ômega que não era minha mãe, mas a fêmea que meu Alfa encarregou da minha criação, disse certa vez. — Eles nunca te tocam e nunca vão te dar o nó. Portanto, faça o seu trabalho, Caja, e limpe essa sujeira.

Acho que eu tinha oito anos na época. Talvez nove?

Pelo menos, uma década atrás, penso admirada. Porque parece que foi há cem anos.

Um trovão reverbera ao meu redor, quase fazendo meu coração saltar do peito. Mas rapidamente afasto o medo de minhas feições, determinada a enfrentar o que quer que esteja por vir com uma fachada calma.

É a melhor maneira de evitar a punição, lembro a mim mesma. *Basta aceitar o destino. Ficar quieta. E desaparecer em segundo plano.*

Mas isso se torna cada vez mais difícil de fazer à medida que o estrondo fica mais alto a cada segundo que passa. Até que, de repente, o silêncio cai por completo.

Paro de respirar e me esforço para captar qualquer mudança sutil no ar, qualquer corrente de perigo.

Nada.

Eu expiro.

Inspiro.

Ouço novamente.

Ainda está silencioso.

Mas um cheiro de queimado se espalha pelo ar, fazendo com que eu franza o nariz.

Alguém geme novamente.

Outro lamento.

E a fumaça começa a se espalhar ao nosso redor.

Seguida pelo eco fraco de um crepitar.

Um incêndio, percebo. Minha fachada calma desaparece enquanto meu coração entra em um ritmo caótico no peito. *Alguma coisa está queimando. E estou presa em uma gaiola.*

Oh, luas...

Pressiono a mão no metal, mas meus dedos só conseguem deslizar parcialmente pelos orifícios do padrão entrecruzado. Não tentei escapar nem me mover muito desde que meu Alfa me deixou aqui. Não havia motivo para isso. Se eu fugisse, seria caçada, atacada e possivelmente morta. Era isso o que acontecia com as Ômegas em minha alcateia.

Tenho todos os motivos para acreditar que o mesmo acontecerá aqui.

Mas não quero morrer *queimada*.

Empurro o metal. Meu medo aumenta à medida que o mau-cheiro fica cada vez mais forte. Assim como o cintilar de uma chama que se aproxima.

Merda, merda, merda...

A gaiola não se move.

Respirando fundo - e estremecendo quando a fumaça se infiltra em meus pulmões –, observo as bordas da gaiola, depois o local onde meu Alfa me trancou.

Existe uma maneira de...

O barulho enche meus ouvidos no instante seguinte,

a reverberação dos rosnados do Alfa adicionando uma base profunda à trilha sonora sinistra.

Paraliso, depois dou um solavanco para trás e mantenho os joelhos contra o peito nu mais uma vez, determinada a representar o epítome da submissão.

Uma porta se abre, provocando um tremor em minha coluna que tento combater. Mas meu pulso me trai e o coração bate rápido demais.

— *Puta merda* — um Alfa rosna. — Enrique! Elias! Há mais aqui embaixo!

Fico atenta quando passos seguem os gritos do macho.

— Elas estão em gaiolas! — o Alfa acrescenta, parecendo furioso.

Eu me encolho o máximo que posso, não querendo ser o alvo dessa fúria. Porque parece que ele quer matar todo mundo que encontrar pela frente. E sei muito bem o que os Alfas fazem quando estão furiosos.

Ele pula minha jaula, indo para o fundo da sala.

Meus ombros caem um pouco. O alívio temporário permite que meus nervos se acalmem. Mas os pelos de meus braços se arrepiam mais uma vez quando duas sombras corpulentas entraram no espaço.

— Merda — um deles diz. — Esta deve ser uma nova remessa.

— Nova remessa? — o terceiro repete.

— Sim — ele resmunga, sua irritação nítida. — Alfas de todo o mundo trocam as Ômegas com Carlos por todo tipo de merda... brinquedos Ômega usados, soros, drogas, psicodélicos, o que quiser.

O terceiro Alfa solta uma risada cínica.

— Faz com que eu deseje que ele morra novamente.

— Quem dera — o Alfa diz, mudando seu foco para mim. — Eu pego essa aqui.

Meu coração para, assim como minha respiração. *O irritado está vindo atrás de mim. Ele está vindo...*

— Shh — ele sussurra, e um estranho estrondo ecoa em seu peito enquanto se aproxima da minha gaiola.

Inclino a cabeça, confusa com a vibração estranha. É um rosnado muito curioso. Ou talvez... talvez não seja um rosnado.

— Não vou machucá-la, pequenina — ele me diz antes de arrancar a trava da porta da minha gaiola... a ação trai suas verdadeiras intenções.

Não posso deixar de me pressionar contra os metais atrás de mim, deixando meu corpo instantaneamente em alerta máximo.

Mas ele não tenta me puxar para fora da gaiola. Em vez disso, estende a mão, enquanto murmura:

— Venha para fora, linda. Precisamos sair e depois a levaremos para um lugar seguro.

Seguro? repito em minha cabeça. *Nenhum lugar é seguro.*

Este mundo foi invadido por uma praga semelhante a um zumbi, que matou a maior parte da humanidade e deixou vários sobrenaturais mortos também.

Mas não os da minha espécie.

Os lobos do X-Clan são imunes. Alguns outros também são.

Mas somos controlados por Alfas. E os Alfas são a epítome do perigo.

Não existe esse conceito de *segurança*.

— Por favor? — ele pede. Acho que nunca ouvi essa

palavra ser usada em minha presença. Sei o que ela significa, porque a pronuncio com frequência quando peço comida ou água. Mas um Alfa dizer isso? Para mim?

Que bizarro.

Várias outras gaiolas chacoalham quando as Ômegas são libertadas uma a uma, e os outros Alfas dizem a elas coisas semelhantes às que este disse a mim.

— Suba as escadas — o terceiro Alfa diz a um par de fêmeas trêmulas. — Sven e Kazek mostrarão a vocês para onde ir.

As Ômegas se dispersam, sem se preocupar em questionar as palavras do Alfa ou mesmo hesitar antes de seguir sua ordem.

No entanto, estou aqui sentada, questionando o macho à minha frente.

Ele se agacha um pouco, com o rosto envolto em escuridão. No entanto, uma pontada de amarelo brilha para mim enquanto seu lobo me encara.

— Não vou machucá-la — ele repete, mas dessa vez em espanhol. — Pode confiar em mim.

Franzo a testa, confusa com sua mudança de idioma.

Quando não respondo, ele diz outra coisa, mas dessa vez não entendo, pois não faz sentido.

Ele tenta mais uma vez, com sons mais guturais e mais ásperos.

— Russo, talvez? — o terceiro Alfa sugere ao se aproximar da minha gaiola.

— Eu não sei russo. Só inglês, espanhol, italiano e alemão.

— Humm — o macho murmura, curvando-se para olhar para dentro da minha gaiola.

Eu me afasto dele, com mais medo do que do outro macho. Não sei bem por que, mas aquele que falava todos os idiomas parece menos intimidador.

— Não vamos machucá-la — o terceiro Alfa diz em inglês. — Eu sou Elias. Se você sentir meu cheiro, saberá que já estou acasalado.

Não sei por que isso importa, então fico apenas olhando para ele.

— Este é o Enrique. Ele não está acasalado, mas acredita em consentimento. — O terceiro Alfa, *Elias*, olha para seu amigo. — Certo?

— Sim — o menos intimidador confirma, mas não entra em detalhes.

— Estamos aqui para queimar este inferno. Mas, para fazer isso, preciso que você saia dessa jaula e suba as escadas — Elias me diz.

Pisco. *Queimar o lugar? É por isso que estou sentindo cheiro de fogo?*

Enrique repete o que Elias disse, mas em espanhol, depois muda para os outros idiomas que ele conhece.

— Eu entendo inglês — finalmente digo a ele. — E espanhol.

Ele não diz nada por um longo momento, seu olhar parece procurar o meu, apesar da escuridão ao nosso redor. Talvez sua visão de lobo seja melhor do que a minha, porque tudo o que vejo são as sombras de seu rosto, mas posso sentir a intensidade de seus olhos.

O Alfa estende a mão para mim novamente, ele

tinha baixado o braço quando Elias se juntou a ele na gaiola.

— Você poderia subir comigo? — ele pergunta em espanhol em vez de inglês.

Engulo em seco. É semelhante ao suicídio negar algo a um Alfa. Não tenho certeza do porquê ainda não o obedeci. Foi puramente instintivo não fazê-lo, o que é estranho, dada a frequência com que segui as ordens ao longo dos anos.

Pigarreio e finalmente dou um passo à frente, mas bem devagar por causa do espaço apertado.

Enrique dá um passo para trás, com a mão ainda em posição de oferta, quando chego à porta.

Olho dele para o chão, tentando determinar a melhor maneira de descer, pois minha gaiola está empoleirada em uma mesa. Se eu estivesse na forma de loba, pularia. Mas em duas pernas – e sem o espaço adequado para ficar de pé – é mais provável que eu caia de cara no chão.

O fato de estar com fome e sede também não ajuda em nada.

Fecho os olhos, respiro fundo e finalmente coloco a mão na grande palma de Enrique. A eletricidade sobe pelo meu braço em resposta ao simples toque. Essa corrente elétrica aumenta quando ele me puxa com gentileza para fora da gaiola e para seus braços antes de me colocar de pé.

Cambaleio. Minhas pernas e costas estão doloridas por terem ficado dobradas por tanto tempo. Com dor, tento dar um passo à frente, mas perco o equilíbrio e acabo encostada no peito do Alfa.

O som da vibração que ele fez anteriormente volta à vida, provocando uma sensação de tremor no meu baixo ventre. *É um rosnado muito agradável*, concluo.

Ele me faz querer me derreter em seu peito largo e acariciar seu peitoral.

— Nunca ouvi um Alfa fazer isso — confesso baixinho enquanto ele começa a me carregar escada acima. — O que é?

Ele para nos degraus, e a parada abrupta me faz perceber a gafe.

Acabei de questionar um Alfa.

Oh, o que eu estava pensando?

— Sinto muito, Alfa — acrescento imediatamente, abaixando a cabeça. — Eu... não vou falar de novo.

— Você pode falar o quanto quiser — ele responde e a vibração aumenta com suas palavras. — E é um ronronar, *pequeño tesoro*.

Pequeno tesouro, traduzo, tremendo. Isso parece uma coisa anormal para me chamar. Talvez eu o tenha ouvido mal?

Ele começa a subir as escadas mais uma vez, sem dizer mais nada.

Também permaneço em silêncio e, em seguida, estremeço quando a luz atinge meus olhos. É ofuscante. Brilhante demais. *Opressivo*. E torna impossível para mim ver o que estamos fazendo. Não que eu tenha escolha sobre para onde estamos indo ou o que acontecerá quando chegarmos lá.

— Ela está mal alimentada, mas não parece estar ferida — eu o ouço dizer.

— Tudo bem. Leve-a para a linha das árvores —

uma voz grave responde. *Outro Alfa.* — Preparamos cobertores com comida e água. Ela precisará estar em um dos últimos voos.

— Farei isso —Enrique responde, e o mundo se move enquanto ele começa a andar.

Só quando o cheiro da floresta me atinge é que minha visão começa a se recuperar e, nesse momento, Enrique está me colocando sobre algo macio.

— Tente comer — ele me diz. — Ander chegará em breve com uma atualização sobre o que acontecerá a seguir.

Isso soa um mau presságio, penso, mas apenas assinto. Principalmente porque não sei mais o que dizer ou fazer.

Os nós dos dedos dele roçam minha bochecha, atraindo meu olhar para seu rosto, fazendo com que minha respiração fique presa na garganta.

Porque, *uau.*

Alto. De ombros largos. Um alfa sexy pra caramba.

E seus olhos são de um belo tom de preto que me lembra a noite.

Nunca vi um Alfa como esse. Sem cicatrizes. Sem linhas duras. Sem cabelo desgrenhado ou saliva escorrendo pelo queixo.

Apenas traços perfeitamente esculpidos. *E covinhas,* penso, quando seus lábios cheios se curvam um pouco para cima.

— Oi, lobinha. — Os nós de seus dedos roçam minha bochecha novamente, assim que alguém chama seu nome. — Coma, *pequeño tesoro.* Um de nós voltará em breve para ver como você está.

Ele se levanta, me fazendo perceber que antes estava agachado ao lado do cobertor. Agora que está de pé, não consigo deixar de olhar para ele. O alfa é realmente enorme. Se eu ficasse ao lado dele, o topo da minha cabeça poderia alcançar seu peito.

No entanto, não sinto medo dele.

Talvez, por causa da maneira como ele me olha, ou pelo seu tom de voz. *Ou aquele ronronar*, penso enquanto ele se afasta. Baixo o olhar para o seu traseiro e minhas bochechas esquentam quando admiro sua bunda firme naquela calça jeans justa.

Acho que nunca olhei para um Alfa antes, mas esse... esse é digno de admiração.

— Você quer um cobertor? — alguém sussurra ao meu lado, me lembrando de que não estou sozinha aqui. Parte de mim já sabia disso, principalmente porque meu nariz me avisou dos outros aromas. Mas antes minha atenção estava totalmente voltada para Enrique.

Agora, olho para as outras três Ômegas que se amontoam ao lado da comida, com os olhos arregalados me encarando.

Uma loira com longas tranças segura algo em minha direção, sugerindo que foi ela quem me perguntou sobre um cobertor.

Assinto e pego o cobertor, enrolando o tecido em minha pele nua. Estou sem roupas há tanto tempo que mal registro o calor que o tecido traz. Cada parte de mim está fria.

Ou, pelo menos, cada parte de mim *estava* fria.

Minha lateral está quente.

O lado que estava contra o peito do Alfa Enrique momentos atrás.

É quase como se o calor natural dele tivesse se infiltrado em minha pele, me marcando como sua.

Esse pensamento me agrada bastante.

— Eles estão nos agrupando em diferentes carregamentos — a Ômega de tranças me informa. — Nenhuma de nós sabe para onde iremos.

Olho para ela novamente, observando seus olhos azuis e pele clara. Muito diferente de meus cabelos escuros, olhos negros e pele bronzeada. O formato de seus olhos também é diferente. Único. Nunca vi ninguém com suas características. Nem nunca senti o cheiro de uma loba como ela.

Não é uma loba do X-Clan, concluo.

A fêmea ao lado dela também não.

Na verdade, não acho que a mulher ao lado dela seja uma loba.

— O que você é? — pergunto em voz alta, observando o ser de cabelos castanho-claros de descendência desconhecida.

Ela pisca para mim, um par de olhos vermelhos surpreendentes, olha para as outras e volta a se concentrar em mim mais uma vez.

— Hum. Sou uma vampira.

Arregalo os olhos.

— Oh. — Isso é... isso é interessante. — E você? — pergunto à que tem longas tranças.

— Loba Ulv — ela me diz.

— Entendo. Sou uma loba do X-Clan — digo,

recebendo um aceno da terceira Ômega, que, pelo cheiro, percebo ser da mesma espécie que eu.

— Qual é o seu nome? — a loba Ulv pergunta.

— Caja — eu lhe digo. — E você?

— Hel — ela responde, depois faz um gesto para a vampira e acrescenta: — Esta é Guðrún. Acabamos de nos conhecer.

— E eu sou a Paige — a loba do X-Clan diz antes que Hel possa apresentá-la. — Estou aqui há apenas alguns dias.

— Eu também — Hel ecoa.

— Assim como eu —Guðrún murmura.

Talvez seja por isso que estamos todas agrupadas – somos a *nova remessa*, como Enrique disse há pouco.

— Espero que não fiquemos por muito mais tempo — digo, meu olhar encontrando o Alfa em questão em um espaço verde aberto. Ele está de braços cruzados, com o olhar fixo em dois Alfas de tamanho e estatura semelhantes.

— Eles nos levarão para algum lugar pior? — a vampira pergunta em um sussurro baixo.

— Não sei — Hel responde. — Mas acho que vamos descobrir em breve.

ENRIQUE

Posso sentir os olhos da Ômega em mim do outro lado do campo. As pupilas escuras parecem uma marca contra minha pele.

Impressionante, penso, imaginando seu olhar com facilidade. *Absolutamente deslumbrante.*

E nua.

Tão nua.

Deuses, foi preciso me conter para manter o foco em seu rosto. Isso era muito errado. Ela estava vulnerável. Claramente abusada. *Uma cativa.*

E, sem dúvida, a Ômega mais bonita que já vi.

— Dei aos outros autorização para pousar — Ander está dizendo e sua aura dominante assegura que todos nós estamos ouvindo. — Assim que o fizermos, carregaremos as Ômegas feridas que precisarem de intervenção médica e as enviaremos para o Território Andorra. Riley já está se preparando para a chegada delas.

Assinto. Riley é uma Ômega e médica. Passei apenas

alguns minutos com o pequeno furacão de cabelos azuis, mas ela é uma força da natureza.

— E quanto àquelas que não precisam de atenção médica imediata? — Kaz pergunta. Seu domínio rivaliza com o de Ander. Os dois são Alfas do Território X-Clan. No entanto, Ander é o mais experiente dos dois.

Embora as auras dominadoras agitem meu lobo interior, eu não gostaria de desafiar nenhum deles. Não porque eu os tema. Apenas os respeito demais para tentar lutar contra eles.

Além disso, tenho uma dívida de gratidão com os dois por me permitirem acompanhá-los nessa missão.

Eu não só tinha um passado a enfrentar aqui no Território Bariloche, como também tinha um irmão para salvar.

Um irmão gêmeo que está sendo detido em um dos jatos, penso com uma careta. *Pelo menos, ele está vivo.*

Embora, depois de vê-lo naquela jaula há uma hora, eu não tenha certeza se Joseph *quer* estar vivo.

— As Ômegas do X-Clan que podem se curar por conta própria não precisam ir para o Território Andorra — Ander fala, respondendo à pergunta de Kaz sobre as Ômegas mais saudáveis. — Na verdade, eu preferiria que elas fossem para outro lugar. Isso tornará as coisas menos complicadas. Você pode receber algumas no Território de Inverno?

— Se elas estiverem dispostas a ir, sim — Kaz responde.

Ander assente.

— Podemos deixá-las escolher... Território Andorra,

Território de Inverno ou Território Nórdico. Porque elas não podem ficar aqui.

— E as Ômegas que não são lobas do X-Clan? — pergunto, olhando para o grupo onde deixei meu pequeno tesouro Ômega.

— Precisamos entrar em contato com alguns aliados para lhes dar opções — Ander me responde.

Kaz resmunga.

— Boa sorte para encontrar um aliado vampiro.

Eu bufo, concordando com ele.

Os vampiros Alfas são assustadores pra caramba.

— Pena que o Kieran não ficou por aqui para ajudar com isso — Kaz acrescenta.

— Ou com qualquer outra coisa — Sven murmura ao se juntar ao nosso pequeno círculo. Ele não se parece em nada com seu irmão, Ander. Sven é loiro e tem olhos claros, enquanto Ander tem cabelos escuros e olhos dourados. Sven também parece ser um pouco menos dominante que seu irmão mais velho, mas nem por isso menos intimidador.

Elias é o último a completar o grupo. Nós cinco lideramos o ataque contra o antigo Alfa do Território Bariloche.

Bem, tecnicamente, tivemos a ajuda de alguns lobos do V-Clan.

Mas Kieran e os dois Elites foram embora no momento em que encontraram o que queriam na propriedade de Carlos, deixando-nos para lidar com a confusão.

Acho que é justo. Afinal, este é o território do X-

Clan. E a maioria das Ômegas nas masmorras de Carlos era de origem X-Clan.

Incluindo meu pequeno tesouro, penso, olhando para ela novamente.

Dessa vez, eu a vejo me encarar. Seus olhos amendoados impressionam mesmo à distância.

Ander e Sven começam a discutir a logística do voo, falando sobre quem irá para onde, enquanto mantenho o olhar da bela Ômega. Ela leva alguns instantes para baixar os olhos, fazendo com que meu lobo se agite dentro de mim. Gostamos de Ômegas fortes, que não tenham medo de desafiar nossa autoridade.

No primeiro encontro, eu diria que ela não é do tipo que me desafia.

Mas agora... agora não tenho tanta certeza.

— Tudo bem, isso só nos deixa com as Ômegas não feridas e as que não são do X-Clan — Ander fala, atraindo meu foco de volta para ele. Porque agora ele está falando sobre o grupo do meu pequeno tesouro.

No entanto, ela é uma Ômega do X-Clan.

O que significa que ele vai oferecer a ela uma escolha de Território.

Onde será que ela vai preferir ficar?, penso. *De onde ela é mesmo?*

Porque ela não é uma Ômega do Território Bariloche. Eu a reconheceria se fosse, já que cresci aqui.

— Vou começar a fazer ligações, mas preciso de alguns detalhes, como nomes, como elas vieram parar aqui e se têm alguma preferência sobre para onde ir — Ander continua. — Elias?

— É para já — o segundo em comando do Território Andorra fala.

— Eu ajudo — ofereço, querendo algo para fazer que não envolva pensar no meu irmão e em sua companheira catatônica.

— Você não quer acompanhar seu gêmeo de volta ao Território Andorra? — Ander pergunta, arqueando uma sobrancelha escura. — Ele estará no primeiro voo, que sairá em dez minutos.

Eles nocautearam meu irmão com alguns tranquilizantes pesados depois que o encontramos em um estado raivoso dentro de sua cela. Infelizmente, esses medicamentos não duram muito tempo. E meu irmão precisa de tratamento imediato.

Assim como alguns outros Alfas que foram aprisionados com meu irmão e várias Ômegas gravemente feridas, incluindo a companheira do meu gêmeo, Savi.

Ander colocou os Alfas em um voo e as Ômegas em outro, mantendo-os sabiamente separados para o caso de algum dos Alfas selvagens escapar de suas amarras.

Engulo em seco.

— Você precisa que eu vá com meu irmão? Ou precisa de minha ajuda aqui? — pergunto, mantendo o olhar fixo em Ander. — Tenho uma dívida com você por ter ajudado a resolver essa confusão. E parece errado ir embora no meio do processo, especialmente quando minha familiaridade com o Território Bariloche ainda pode ser útil. Mas, se precisar de mais músculos no jato que transporta meu gêmeo, é para lá que irei.

O Alfa do Território Andorra me considera por um longo momento.

— Tem razão. Você é mais valioso aqui. Mas entenderei se precisar acompanhar seu irmão. — Ele olha para Sven antes de voltar seu foco para mim. — É o que eu ficaria tentado a fazer em sua situação.

Passo os dedos pelo cabelo enquanto olho ao redor do campo e todos os vários grupos de Ômegas.

— Não há muito que eu possa fazer pelo meu irmão no momento. Nós o encontramos. Agora, ele precisa de intervenção médica.

Supondo que isso possa ajudá-lo.

Seu rosnado povoa minha mente, me fazendo estremecer por dentro.

Joseph não me reconheceu de jeito nenhum. Caramba, eu nem tinha certeza de que ele sabia seu próprio nome, muito menos o meu.

Balanço a cabeça, afastando os pensamentos.

— Não há muito que eu possa fazer por ele naquele jato, a não ser nocauteá-lo novamente... o que eu não gostaria de fazer.

Ander assente com a compreensão brilhando em seus olhos dourados.

— Então, você vai ajudar aqui. Além disso, será útil ter outro piloto de prontidão, caso precisemos de um.

Elias aperta meu ombro.

— Vamos começar com a mais nova "remessa" de Carlos — ele diz, se referindo ao último grupo que encontramos nos bunkers subterrâneos de Carlos. — Elas devem ser as mais fáceis de questionar. A partir daí, trabalharemos de trás para frente.

Meu olhar imediatamente se volta para o pequeno tesouro enrolado em um cobertor.

— Parece bom para mim.

Deixo Elias assumir a liderança, ciente de que as Ômegas se sentirão mais à vontade com ele devido ao seu status de Alfa acasalado.

É claro que ser acasalado significa pouco no Território Bariloche, graças às políticas anteriores de Carlos. Ele defendia ativamente o compartilhamento de Ômegas acasaladas, principalmente para punir os Alfas que as reivindicavam.

Os Alfas sob seu comando, pelo menos.

Alfas como meu irmão.

A única maneira de romper um vínculo entre companheiros do X-Clan era matar o Alfa. Infelizmente, a Ômega muitas vezes enlouquecia como resultado disso.

Então, Carlos optou por manter os Alfas em suas masmorras enquanto explorava as companheiras Ômega.

Era doentio, perverso e muito errado. Fazer parte da equipe que o derrubou pouco fez para aliviar a culpa da minha associação com o cretino.

A maioria dos Territórios do X-Clan me via como o segundo em comando do Território Bariloche, assim como Elias era o segundo de Ander no Território Andorra. Esse não era meu título real, pois Carlos se recusava a nomear um segundo. Ele me considerava um general.

Infelizmente, essa distinção não importava para a maioria dos da minha espécie. A afiliação e a notoriedade estavam muito presentes e manchavam minha identidade em nosso mundo.

Logo se espalharia a notícia de meu envolvimento nos eventos de hoje, como ajudei dois outros Alfas do Território a derrubar Carlos.

Não tenho ideia do que isso significa para minha reputação ou onde poderei viver.

No momento, não tenho casa. Principalmente porque acabei de ajudar Ander e Elias a queimá-la.

Luto contra a vontade de remexer os pés e escolho ouvir enquanto Elias se apresenta – e a mim – ao grupo de Ômegas reunidas com meu pequeno tesouro.

Ela é a única que está sem roupas, o que sugere que foi entregue a Carlos nesse estado.

— Podem dizer seus nomes, por favor? E também de que Território vocês são? — Elias continua. Sua voz é baixa e ele se ajoelha diante das quatro Ômegas.

Em vez de me ajoelhar ou me agachar atrás dele, me sento ao lado da Ômega que carreguei para fora do bunker.

Ela olha para mim, mas não tenta se afastar, apenas observa enquanto estendo as pernas e as cruzo nos tornozelos. Apoiando as palmas das mãos no chão, me inclino para trás e encontro seu olhar curioso.

Ela se arrepia, fazendo com que eu estenda a mão e envolva mais firmemente o cobertor em sua forma esbelta. É uma reação tão natural que só percebo que pode ser intrusiva um segundo depois.

Mas ela não parece incomodada. Na verdade, seus lábios se inclinam um pouco para cima, sugerindo o contrário.

Quando Elias terminar as perguntas, encontrarei algo para ela vestir. Ela deve estar com frio. Pode ser verão nesta parte do mundo, mas ainda faz frio nas montanhas.

— Sou Paige — uma pequena ômega X-Clan diz, com os olhos baixos em sinal de deferência. — Sou do Território Cusco.

— Guðrún — a vampira ao lado dela acrescenta, com a voz hesitante. — Ninho de Älva. — Ela não olha para baixo como Paige faz, mas observa Elias com cautela, como se estivesse esperando que ele fizesse mais comentários.

Ele simplesmente assente e olha para a fêmea com traços nórdicos. Ela é uma loba Ash ou Ulv, com base em seu cheiro. Sua expressão é quase desafiadora quando ela se apresenta como "Hel".

— E de onde você é, Hel? — Elias questiona.

— Isso depende — ela responde. — Por que quer saber?

Elias a considera por um momento, seus lábios se contraem apesar da grosseria gritante dela.

A maioria das Ômegas se curva aos Alfas.

Esta, claramente não o faz.

Felizmente para ela, Elias é bastante descontraído. Eu também sou.

No entanto, se ela tentar falar com Ander ou Kaz dessa forma, será rapidamente instruída sobre a hierarquia do X-Clan e o que significa ser uma Ômega em nosso mundo.

— Estamos tentando determinar de onde você veio e para onde gostaria de ir a partir daqui — Elias informa com paciência. — Você é bem-vinda para se juntar a nós no Território Andorra, mas também podemos levá-la para casa, se for essa a sua preferência.

Hel estreita o olhar, com a suspeita clara em sua expressão.

— Isso parece bom demais para ser verdade. E, pela minha experiência, *o bom* não existe neste mundo.

Guðrún assente em concordância, assim como Paige.

Mas a Ômega ao meu lado permanece em silêncio, seu foco mudando de mim para Elias.

— Como você veio parar aqui? — ele pergunta, com a atenção voltada para Hel. — Você foi levada ou trocada?

— As duas coisas — ela rosna. — Levada como uma noiva relutante, depois trocada por um modelo mais submisso. — Ela cruza os braços, o ar de desafio voltando com força. — Você conhece o Jarl?

Elias franze a testa, olhando para mim.

— Nunca conheci ninguém com esse nome — digo a ele.

— Nem eu — Elias diz. — Quem é Jarl?

Hel o encara por um longo momento, avaliando-o e depois a mim.

— Ele é um lobo Balor. Do Território Wildborn.

A testa de Elias se franze ainda mais.

Mas um sino soa em minha cabeça e um rosto aparece em minhas memórias.

— Alto, nariz torto, mandíbula pontuda, cabelo loiro ralo? Cheira a mofo?

Hel fica paralisada, dizendo que eu não apenas o

descrevi adequadamente, mas que ela não é sua maior fã.

— Você o conhece.

— Eu o vi por aqui algumas vezes — admito. — Mas não, eu não o conheço. Ele também está morto. Uma das muitas baixas sofridas hoje durante nosso ataque. — Dou de ombros. — Espero que ele não significasse muito para você. — Porque não posso me desculpar pela perda. Ele, como muitos dos outros, mereceu seu destino.

— Ele... ele está morto? — ela repete, sua bravata parecendo falhar. — Oh. — Ela franze a testa. — *Oh*.

— Ataque? — Paige pergunta, seu olhar finalmente se levantando do chão. — O que você quer dizer?

— Nós encerramos as operações de Carlos aqui — Elias diz. — Agora, temos a difícil tarefa de devolver todas vocês para suas casas, se vocês quiserem. Portanto, vou perguntar novamente: de onde vocês são? E se não quiserem compartilhar, então para onde gostariam de ir?

Hel e Paige se entreolham e, em seguida, a loba questionadora pigarreia.

— Território Selvagem — ela diz. — Meu irmão é o Alfa Ragnar.

As sobrancelhas de Elias se erguem um pouco em surpresa, mas ele rapidamente disfarça com um aceno.

— Não sei se temos conexões abertas com ele, mas Ander tem um contato naquela região – Território das Terras Sombrias – com o qual ele pode contar. Vamos fazer isso acontecer.

Ele olha para Paige.

— Eu... eu não quero voltar para o Território Cusco.

Não é uma resposta surpreendente. O Território Cusco não é muito melhor que o Território Bariloche.

— Como eu disse, vocês são bem-vindas no Território Andorra. Também temos Alfas no Território Nórdico e no Território de Inverno que estariam dispostos a recebê-las, se você preferirem — Elias diz a ela antes de olhar para Guðrún.

A Ômega não diz nada por um longo momento e, então, calmamente diz a ele:

— Não há lugar seguro para uma Ômega Vampira.

— Talvez Kieran possa ajudar com isso? — sugiro.

Elias faz uma careta, mas admite com um murmúrio de *talvez*.

As lobas do V-Clan são semelhantes aos vampiros, pois precisam beber sangue e preferem a noite. Ômegas vampiras também são compatíveis com os Alfas do V-Clan. Portanto, há esse benefício.

Mas, sim, entendo bem a relutância de Elias em se aproximar de Kieran. Os Alfas do V-Clan são excepcionalmente poderosos, quase assustadores.

— E quanto a você? — Elias pergunta, sua atenção recai sobre meu pequeno tesouro silencioso.

Ela está observando toda a conversa e seus belos olhos negros brilham com inteligência. Quando a encontrei na gaiola, pensei que ela fosse mansa. Mas ela não é. É calma, controlada e muito consciente.

— Meu nome é Caja — diz. — Sempre fui destinada ao Território Bariloche, por isso não sei para onde ir.

— Como assim, você sempre esteve destinada ao Território Bariloche? — pergunto a ela antes que Elias tenha a chance de responder. *Esse pequeno tesouro é meu*, penso, e meu lobo rosna dentro de mim em concordância.

Elias não é uma ameaça.

Sei disso.

Mas não quero que ele questione essa Ômega.

Ela é minha para questionar. Minha para proteger. Apenas... *minha*.

Não me importa se acabamos de nos conhecer. O cheiro dela me chama. Sua beleza. *Seus olhos*.

Olhos que me lembram fogo negro quando ela me olha.

— Meu Alfa sempre disse que eu acabaria aqui. Esse era meu objetivo principal desde o nascimento – ser comercializada quando atingisse a maioridade.

Fecho a boca. A noção de que essa bela Ômega só tinha valor como uma troca no Território Bariloche me irrita.

— De que Território é o seu Alfa? — pergunto, fazendo o possível para suavizar meu tom e engolir minha raiva crescente.

Ela começa a responder, depois para e pergunta:

— Vou voltar para lá?

— Não — respondo imediatamente. *Mas talvez eu visite e mate seu Alfa* — penso de maneira sombria.

— Ah. Então... então isso importa?

— Sim — digo, sem hesitar. Porque quanto mais penso nisso, mais eu quero destruir quem ousou trocar esse lindo tesouro. — Quem deu você para o Carlos?

Seu lábio inferior cheio desaparece entre os dentes enquanto ela pensa em como responder.

— Alfa Bautista.

Meu lobo rosna por dentro, ecoando a fúria que ferve em minhas veias.

Porque eu estava errado.

Essa fêmea é do Território Bariloche.

Talvez não da parte central do território, mas das terras periféricas sob a antiga proteção de Carlos.

Bautista é – *era* – um sádico imbecil que vivia a cerca de cento e sessenta quilômetros daqui, em um vilarejo degradado onde gerenciava a distribuição do comércio de escravas Ômegas de Carlos.

Se essa fêmea era alguém que Bautista achava que poderia negociar em benefício próprio, significava que ela era sua filha.

Puta merda.

— Bautista está morto — eu digo.

E fui eu quem colocou uma bala em sua cabeça.

CAJA

Olho fixamente para o belo Alfa e suas palavras ecoam em meus pensamentos.

Bautista está morto.

— Tem certeza? — pergunto. Minha voz não revela o caos que se desenrola dentro de mim. Porque não tenho ideia do que isso significa para mim. Ou para onde devo ir em seguida. Outro Território? Para um novo Alfa?

Posso ir com este?, me pergunto e depois me arrepio com a ideia.

Eu nem sequer o conheço.

Mas eu... eu meio que quero conhecê-lo.

— Sim — ele diz, me confundindo por meio segundo antes que eu me lembre da pergunta que fiz sobre ele ter certeza de que Alfa Bautista está morto. — Eu o matei — Enrique acrescenta, engolindo em seco.

— Ele estava ajudando a proteger Carlos, e... — Ele dá de ombros, de alguma forma parecendo se desculpar e não se arrepender ao mesmo tempo.

— Ah. — Franzo o nariz. — Não sabia que ele ainda estava aqui. — Presumi que ele tivesse me deixado naquela jaula e voltado para a nossa alcateia.

Mas, não.

Ele ficou.

E agora está morto.

— Ah — repito, piscando. Não sei como me sentir com essa informação. Sinceramente... não estou sentindo muita coisa.

Elias pigarreia.

— Você não precisa decidir para onde quer ir agora — ele me diz. — Mas precisarei de uma resposta em breve.

Olho para o outro Alfa e assinto.

— Está bem. — No entanto, não tenho ideia de qual decisão ele espera que eu tome. Não sei nada sobre os Territórios que ele mencionou. Meu mundo inteiro é o Território Bariloche. Meu Alfa. E o Alfa Carlos.

Quem eu serei agora?

— Tudo bem, temos que ir para o próximo grupo, mas se precisarem de alguma coisa, é só nos chamar — Elias diz ao se levantar mais uma vez. — Voltaremos para saber o que decidiram.

Hel e Guðrún concordam.

Fico apenas olhando para Enrique, já sentindo sua falta, apesar de ele ainda não ter se movido. *Esse estranho fascínio é resultado do fato de ele ter me libertado da minha jaula ou algo mais?*, me pergunto, observando seus belos traços mais uma vez. *Por que estou tão encantada por esse Alfa? São suas feições perfeitas? Seus olhos gentis?*

— O que você gostaria de vestir? — ele me pergunta

em vez de ficar de pé como o outro Alfa. — Suéter? Jeans? Um vestido?

Meus cílios tremulam e a confusão obscurece meus pensamentos.

— Eu... não tenho nenhuma roupa. — Meu Alfa deixou isso bem claro quando me forçou a tirá-las antes de entrar na gaiola.

— *Essas roupas me pertencem* — ele zombou. — *Tire-as.*

Eu me arrepio, lembrando-me da maneira como seus olhos me observavam enquanto eu me despia. O nojo e o ódio irradiavam de seus olhos escuros – tão parecidos com os meus.

— *Eu deveria tê-la matado quando você era um filhote.*

Então, ele me empurrou para dentro da jaula.

E foi embora.

— Caja — Enrique murmura, chamando minha atenção para sua boca. — O que você costuma usar em casa?

— O que meu Alfa me der — digo a ele, piscando antes de levantar o olhar.

Ele está emitindo aquele ronronar delicioso novamente, fazendo com que minha loba se agite. Seu cheiro de floresta também me intriga. Quero enterrar meu nariz em seu peito e envolver os braços em seus ombros grandes e nunca mais soltá-los.

— Normalmente é um vestido ou jeans? — ele insiste.

Dou de ombros.

— Um saco. — O que eu suponho que possa ser como um vestido? — Estou bem com esse cobertor — digo a ele. — Obrigada.

Ele me encara por um longo momento antes de olhar para Elias.

— Vou procurar algo para ela vestir. Pode cuidar do próximo grupo?

Elias lhe lança um olhar estranho, que não consigo definir. Divertido, talvez? Brincalhão?

— Claro — ele diz com um tom leve.

Bem-humorado?, penso, incerta. Algumas vezes ouvi meus irmãos usarem esse tom quando conversavam entre si, mas nunca achei o conteúdo da conversa muito engraçado.

Enrique passa os nós dos dedos em minha bochecha antes de se levantar e olhar para Elias.

— Uivem se precisarem de mim.

— Peça ao Sven para me procurar — Elias responde. — Ele pode ajudar enquanto você segue em sua missão. — Ele se afasta, depois faz uma pausa e diz: — Não deixe Kaz vir com ele. Ele vai assustar as Ômegas.

Enrique grunhe, mas não responde, simplesmente se afasta e me dá uma visão de seu traseiro atlético novamente.

— Você está perto do seu ciclo de cio? — Hel pergunta. Percebo que a pergunta é para mim, porque ela está me olhando.

— Eu... não sei. Nunca tive um. — Meu Alfa me fez usar supressores nos últimos dois anos, dizendo algo sobre Alfa Carlos querer tornar meu primeiro cio *explosivo*. Seja lá o que isso significava. — Por que você pergunta?

— Porque você está olhando para aquele Alfa como

se ele fosse uma refeição que você quer devorar — ela responde com uma expressão conhecedora.

— Eu... — Não sei como responder a isso. Porque não sei dizer se ela está me provocando ou me repreendendo. — Ele foi... gentil comigo. — Parece piegas. Mas é tudo o que consigo pensar em dizer.

— Ele foi legal — Paige concorda. — Os dois foram.

— Isso não significa que podemos confiar neles — Hel diz em tom calmo enquanto seus olhos azuis examinam nossos arredores. — Não sei o que está acontecendo, mas vou fugir na primeira chance que tiver.

Guðrún franze a testa.

— Eles disseram que nos levarão para onde quisermos ir, então não tenho certeza de que fugir seja prudente.

— Eles também vão nos pegar — Paige murmura. — Os Alfas do X-Clan são *rápidos*. Confie em mim, sei por experiência própria.

— Também me pareceu que eles vão colocá-la em contato com seu irmão —Guðrún acrescenta. — Você é próxima dele?

Hel responde, mas não ouço, porque Enrique corre pelo campo, demonstrando um pouco da velocidade que Paige acabou de mencionar.

Acompanho seus passos longos e atléticos enquanto inclino a cabeça para o lado.

— Você está babando — Hel diz em voz alta.

— Não posso culpá-la — Paige murmura, com a voz

marcada pela apreciação. — Ele é gostoso. E, como ela disse, parece ser legal.

— *Parece* é a palavra-chave nessa frase — Hel ressalta.

— Eles mataram Alfa Carlos e todos os generais dele — uma nova voz nos informa quando outra Ômega do X-Clan se junta ao nosso círculo. — Eu não diria que eles são *bonzinhos*, mas os considero um avanço em relação ao regime anterior.

Nós quatro ficamos olhando para ela, mas é Hel quem começa a se apresentar.

Wendy é o nome da nova garota. Aparentemente, Elias a enviou para fazer parte do nosso grupo.

— Eu disse a ele que queria voltar para casa, então ele disse para eu me sentar aqui.

Curvo os lábios diante de suas palavras. *Eu não quero ir para casa.*

Mas não sei para onde ir.

Será que vão me mandar de volta para meus irmãos?, me pergunto, tremendo. Como meu Alfa está morto, eu... não sei se meus irmãos vão me aceitar.

Eles provavelmente vão me matar.

Talvez Hel esteja certa sobre fugir...

Mas para onde?

Não tenho para onde ir. Nenhum lugar para me esconder. Ninguém em quem me apoiar.

Não sei nem onde estou. No Território Bariloche, obviamente. No entanto, não sei onde fica. Nem mesmo sei onde estão localizados os Território mencionados pelas outras.

Território Wildborn.

Território Savage.

Território Cusco.

A vampira chamou sua casa de *ninho*, um termo que a maioria das Ômegas normalmente consideraria seguro. Mas meu ninho nunca foi seguro. E a própria vampira disse que não há lugar para onde ela possa ir.

Fecho as mãos em punho enquanto meu coração começa a bater um pouco rápido demais. *Acalme-se,* digo a mim mesma. *Você vai perturbar os Alfas.*

Fecho os olhos e respiro, uma técnica que dominei ao longo dos anos.

Inspirar e expirar.

Inspirar e expirar.

Inspirar... O pensamento se perde quando o cheiro de sempre-vivas enche minhas narinas. *Tão, tão bom... Calmante. Viciante.*

Eu me inclino em direção a esse aroma, mas quase caio no chão no processo.

Uma mão forte me segura antes que eu caia e sinto sua pele quente contra meu ombro nu.

— Caja? — A voz de Enrique faz com que meu olhar se volte para onde ele está agachado diante de mim.

As outras Ômegas estão em silêncio, com os olhos arregalados.

— Você está bem? — ele me pergunta.

Engulo em seco e concordo.

— Só, hum, talvez com fome? — O termo me escapa antes que eu pense melhor.

É claro que ouvir isso em voz alta me faz lembrar o

que Hel disse sobre eu olhar para Enrique como se quisesse devorá-lo.

Minhas bochechas esquentam, minhas coxas formigam com um tipo estranho de sensação.

Oh, luas, estou sendo ridícula.

Nunca agi dessa forma com um Alfa antes.

Embora nenhum Alfa jamais tenha sido como esse.

Enrique me estuda, com um pequeno vinco se formando em sua testa.

— O que você quer comer? — ele me pergunta.

Hel bufa e depois tosse para disfarçar a risada.

Felizmente, o Alfa a ignora.

Dou uma olhada nas caixas de comida que ainda não toquei e dou de ombros.

— Aquilo está bom.

— Se aquilo está bom, por que você ainda não comeu?

Porque eu estava distraída, penso, engolindo em seco novamente.

— Estou um pouco sobrecarregada — digo.

Sua expressão suaviza quando ele se senta no chão ao meu lado.

— Isso é compreensível. Mas agora você está segura. Todas vocês — ele diz, olhando para as outras. — Sei que provavelmente é difícil de acreditar e que vai levar algum tempo para confiarem em nós. Não tem problema. Nós entendemos.

Ele estende algo azul para mim.

— Eu não tinha certeza do seu tamanho, então encontrei um vestido — ele explica depois que pego o tecido de suas mãos. — Por que você não o veste enquanto examino as caixas?

Passo os dedos pela textura, meus sentidos subitamente conscientes da sensação.

Nunca senti nada tão macio antes. É sedoso. Tudo o que eu usava em casa era áspero ou quente demais. Essa sensação é... *celestial*.

Deixando o cobertor de lado, eu me esforço para abrir o vestido e determinar o que é frente e costas.

Tem mangas, fico maravilhada. *E é longo*.

Tão único.

Também é diferente do que as outras Ômegas estão vestindo.

Hel está usando calça escura, camisa de manga comprida com decote em V e cinto de couro. Guðrún está de jeans e camiseta regata, assim como Paige e Wendy.

E eu tenho este lindo vestido, penso, levantando-o para colocá-lo sobre minha cabeça. Parece uma cachoeira contra minha pele, deslizando para baixo e abraçando minha forma esbelta. Eu me ajoelho e faço um pequeno movimento para empurrá-lo sobre os quadris, depois sobre minhas coxas.

Eu adoro isso..., penso, colocando o cobertor embaixo de mim para que eu não tenha que me sentar no chão.

— Obrigada — digo, finalmente olhando para Enrique novamente.

Ele está me encarando com um olhar que me faz pensar se ele está tão faminto por comida quanto eu. Porque ele parece pronto para me comer.

As outras Ômegas se afastam um pouco, nos dando algum espaço. Não sei bem por quê. Mas não me importo. Enrique não me assusta.

— De nada. — Ele pigarreia. — Certo, hum, comida. — O Alfa desvia o olhar e começa a mexer nas caixas.

Na verdade, não presto atenção no que ele me entrega, preferindo aceitar o que quer que ele se digne a me dar. No entanto, quando ele coloca uma garrafa de água na minha frente, imediatamente a pego e bebo metade do conteúdo sem me preocupar em respirar.

Isso é perigoso.

Não tenho ideia de quando serei presenteada com mais água para beber, mas sinto que não a bebo há *dias*.

Fechando os olhos, saboreio a hidratação e me entrego à necessidade de beber mais. Quando termino, a garrafa está vazia e quase choramingo em protesto.

Porém, mais dois recipientes apareceram magicamente diante de mim.

Tento pegar um deles, quase esperando que seja um truque.

Como não era, aceito o pequeno milagre e bebo o suficiente. Dessa vez, ainda me resta cerca de um quarto quando termino e solto um suspiro de alívio.

A fome e a desidratação não são conceitos novos para mim. Na verdade, aprendi a conviver com eles. Mas, às vezes, receber água é quase pior, porque chego a um ponto em que não sinto muita coisa, então a bebida me faz lembrar o quanto estou com sede.

É uma consequência horrível de ceder às minhas necessidades.

Felizmente, Enrique não levou a outra garrafa embora.

Na verdade... franzo a testa para o cobertor ao meu redor. *Há mais três garrafas.* Olho boquiaberta para ele.

— São todas para mim? — pergunto.

Ele dá de ombros.

— Posso pegar mais se precisar. Mas você também precisa comer. — Ele faz um gesto para os itens que deixei cair em favor da água. Eu nem me lembro de ter feito isso. — Há frutas e...

— Enrique! — Elias chama do campo, seu olhar intenso enquanto encara o outro Alfa. — Preciso de suas habilidades linguísticas.

Enrique assente.

— Já vou — ele diz em um tom de voz normal, depois olha para mim mais uma vez. — Coma, Caja. Não ficarei satisfeito se voltar e descobrir que você não tocou em nada além de água. Então, por favor, tente.

Eu me arrepio, gostando de seu domínio sutil. É reconfortante de uma forma que agrada minha loba, fazendo com que eu deseje obedecê-lo.

— Sim, Alfa.

— Enrique — ele me corrige. — Me chame de Enrique.

— Sim... Enrique.

Ele sorri.

— Muy bien, pequeño tesoro — ele murmura. *Muito bem, pequeno tesouro.* — Voltarei daqui a pouco para ver como você está. — Ele passa os nós dos dedos em minha bochecha, como fez algumas vezes antes, depois se afasta para correr em direção a Elias.

Aprecio a vista novamente.

Depois me concentro na comida, como ele pediu.

E espero que ele volte logo.

ENRIQUE

SEU IRMÃO CHEGOU BEM AO TERRITÓRIO ANDORRA — Ander diz ao vir em minha direção. — Ele ainda está sedado e em uma sala acolchoada.

Assinto, uma pontada de culpa me apunhalando nas entranhas. *Eu deveria ter ido junto.*

Mas não havia mais nada que eu pudesse fazer por ele — ou por sua companheira — neste momento. E estar aqui, ajudando os outros a limpar meu antigo Território era melhor do que ficar sentado, esperando que um médico me atualizasse sobre a condição selvagem do meu irmão.

Nem tenho certeza se ele pode ser reabilitado. Estar lá com ele me forçaria a enfrentar esse destino em potencial, o que não estou pronto para aceitar. Portanto, se eu for totalmente honesto comigo mesmo, ficar aqui foi uma distração.

E talvez por causa de uma certa moreninha com olhos lindos, admito, imaginando o lindo rosto de Caja.

Fui vê-la há uma hora e a encontrei dormindo em um ninho improvisado, feito de cobertores. As outras Ômegas de seu grupo estavam no ninho com ela, todas descansando. A exaustão, misturada com o alívio, sem dúvida as deixou inconscientes.

Elas provavelmente não dormirão bem, mas pelo menos estão se sentindo seguras o suficiente para relaxar um pouco.

Passo os dedos pelo cabelo e inclino o pescoço, com os músculos estalando ao longo do caminho. Foram dias muito longos.

Na verdade, não. Foram longos *anos*.

Jogar os jogos de Carlos por quase uma década afetou minha alma. Mas era a única maneira de ajudar meu irmão. A única maneira de tentar proteger sua companheira e a irmã dela. A única maneira de vencer o cretino em seus próprios esquemas.

Carlos era muito inteligente, sua propensão para produtos químicos e toxinas beirava a genialidade. Infelizmente, ele usava esses talentos para fins nefastos.

Para evitar ser uma de suas vítimas, eu fingia gostar de seus passatempos. Ele me recompensou com uma companheira, que preferiu outro a mim. O que foi ótimo. Eu só aceitei a farsa do acasalamento porque sabia que Carlos me enviaria Kari como presente de casamento. Ele achava que eu a preferia entre os outros brinquedos Ômega. Na verdade, só queria salvá-la. Porque ela era a irmã da companheira do meu irmão.

Tudo o que eu fazia era com um propósito.

Esse propósito foi finalmente cumprido.

E agora?, me pergunto, olhando em volta do campo escuro para os poucos grupos Ômega restantes. *Para onde vou a partir daqui?*

— Você está bem? — Ander pergunta, me lembrando de sua presença. Não que eu pudesse esquecer que ele estava a poucos metros de distância – sua aura Alfa basicamente se infiltrava em minha pele –, mas eu estava um pouco perdido em meus pensamentos. No passado. No futuro. *No desconhecido.*

Pigarreio, pensando em como responder.

Eu poderia mentir e dizer que estou bem.

No entanto, passei a maior parte dos últimos dez anos fingindo ser alguém que não era. E estou realmente cansado de manter uma fachada falsa.

— Na verdade, não — admito, envolvendo a nuca com a mão enquanto me estico novamente. — Não tenho ideia de como ajudar Joseph ou Savi. Acho que nunca soube realmente. Eu só queria libertá-los, mas agora estou me perguntando se algum dia eles serão realmente livres.

Se eu deveria tê-los deixado morrer, acrescento para mim mesmo, estremecendo.

É um pensamento horrível, que tenho evitado enfrentar desde que encontrei meu irmão hoje cedo. Ou foi ontem?

Perdi a noção do tempo.

Mas vê-lo naquele estado feroz, sabendo que ele não poderia tocar sua própria companheira sem matá-la...

Balanço a cabeça.

— Eu sabia que seria ruim. Só...

— Não estava preparado para o quanto foi ruim de fato — Ander termina por mim. — Eu entendo isso.

Assinto. Como Alfa do Território Andorra, ele provavelmente já viu muita coisa que nunca quis ver. Mas, como o Alfa mais forte de seu Território, é sua responsabilidade lidar com tudo o que lhe é apresentado e liderar pelo exemplo.

Não deve ser uma tarefa fácil. Especialmente quando feita da maneira correta. Muito diferente de Carlos e de como ele dirigia o Território Bariloche.

— Há mais coisas que precisamos discutir — Ander me diz. — Sei que você está lidando com algumas coisas, mas isso não pode esperar.

Concordo e cruzo os braços.

— Entendo. — Porque eu sei exatamente o que ele quer discutir: meu futuro.

Ele disse anteriormente que eu era bem-vindo ao Território Andorra para ficar com meu irmão.

No entanto, para fazer isso, tenho que reconhecer Ander como meu superior. É a única maneira de ele manter a ordem – se eu não me curvar a ele, serei visto como um desafiante. E, dada a minha idade, experiência e posição anterior no Território Bariloche, eu seria considerado um oponente digno.

— Riley disse que algumas das Ômegas acasaladas têm Alfas desaparecidos — ele começa, me deixando completamente desconcertado.

Não era nada disso que eu esperava que ele dissesse, nem tinha relação com o assunto que eu achava que ele queria abordar.

— Entendo — digo, franzindo a testa. — E quanto

aos Alfas que estão sendo mantidos perto do meu irmão? As respectivas companheiras foram encontradas?

— Havia alguns Betas nas celas também, mas eles não teriam a mesma ligação profunda com uma Ômega que um Alfa teria.

Ele inclina a cabeça em confirmação.

— Todos foram identificados pelo cheiro. Mas, pelo que a Riley disse, temos sete Ômegas acasaladas com Alfas desaparecidos. Há algum outro lugar onde eles possam estar?

Franzo a testa, considerando a pergunta.

— Carlos gostava de manter tudo e todos perto de seu complexo pessoal. Ele tinha problemas de confiança. — Daí todos os Alfas e Betas que ele prendia em gaiolas e a tortura perversa que infligia àqueles que tinham laços de companheiros.

Ander solta um rosnado baixo e sua agitação é palpável.

— Riley parece ter certeza de que os Alfas estão vivos. Caso contrário, as Ômegas não estariam sendo coerentes.

É verdade. Elas estariam catatônicas e sem reação, algo que Carlos gostaria de evitar para seus *brinquedinhos*.

Reviro meu cérebro, tentando pensar onde ele pode ter aprisionado outros Alfas, mas falei sério, Carlos tinha problemas de confiança. Eu era comumente considerado um de seus generais mais graduados, mas só tinha acesso à sua operação Ômega. E esse acesso vinha acompanhado de uma infinidade de restrições.

Felizmente, minha posição me proporcionava uma riqueza de conhecimentos íntimos sobre os procedimentos e os meandros de seu complexo – um fato que me tornou um ativo valioso em nossa infiltração no Território Bariloche esta semana.

No entanto, esse conhecimento não se estendia a todas as masmorras ou como ele controlava os Alfas que protestavam contra seu governo. Eu estava familiarizado com sua propensão aos psicodélicos, mas não com o escopo completo de seu sistema prisional.

— Só conheço a masmorra que ele mantinha no complexo dele. — E eu só sabia disso por causa do meu irmão. Sentia sua presença lá há anos, apesar de Carlos afirmar que ele estava morto. — No entanto, ele não era do tipo que guardava nada de valor muito longe de sua propriedade. Então, não imagino que haja mais masmorras escondidas no Território Bariloche.

E se havia alguma, agora está destruída, graças ao fato de Kazek e Sven terem explodido todas as estruturas em Bariloche hoje cedo. Eles queriam garantir que o Território ficasse inabitável. Todos os Alfas sobreviventes foram oficialmente bandidos. Alguns Território podem aceitá-los, mas a maioria, não.

Os Betas são uma situação completamente diferente, principalmente porque nunca tiveram escolha na forma como Carlos administrava seu Território. Uma fila inteira de Betas está esperando para ser entrevistada para possível entrada em Andorra, Nórdico ou Inverno.

Enquanto isso, as Ômegas serão levadas para qualquer lugar que escolherem, desde que estejam coerentes e bem o suficiente para fazer uma escolha. As que não estão, já foram enviadas para Andorra, para tratamento médico, pois o último voo partiu horas atrás para levá-las em segurança.

As únicas Ômegas restantes são aquelas em condições saudáveis o suficiente para expressar seus desejos.

— Você acha que ele teria negociado algum dos Alfas para outros Território? —Ander pergunta e sua expressão endurece.

Balanço a cabeça.

— Não teriam sido muito úteis para eles. Quero dizer, você viu o estado em que meu irmão está... — Eu paro e pigarreio. — Mas se o Alfa em questão ofendesse um amigo, talvez Carlos o trocasse como recompensa. No entanto, sete é um número alto. — E Carlos não era de abrir mão de seus recursos.

A menos que estivesse cansado de cuidar desses recursos.

Nesse caso...

— É possível que ele os tenha deixado para apodrecer em algum lugar — digo, pensando em voz alta. — Em um lugar onde não possa sentir o cheiro deles ou ouvi-los. Em um lugar de onde eles não possam escapar. Mas não tenho ideia de onde seria. Talvez em um de seus pontos de troca. Ou, mais provavelmente, em um lugar que ninguém jamais pensaria em visitar.

— Isso não ajuda em nada — Ander murmura.

— Eu sei. Mas era assim que Carlos trabalhava... ele nunca facilitava nada. — Daí o intrincado ataque ao Território Bariloche. Carlos deixou armadilhas em todos os lugares, transformando suas terras em um verdadeiro campo minado.

Ander solta um suspiro frustrado.

— Bem, talvez Riley possa descobrir mais com as Ômegas. — Ele faz uma careta. — Supondo que algum deles possa ser acordado.

— Alguns dos Alfas também podem saber — digo.

— Conhecendo Carlos, ele os torturou com possíveis destinos. Talvez um de seus antigos provocadores revele onde os Alfas desaparecidos estão sendo mantidos.

Ander assente.

— Tudo bem. — Ele cruza os braços e sua postura rivaliza com a minha. — Então, fale-me sobre essa Ômega na qual você está interessado.

Arqueio uma sobrancelha.

— Quem disse que estou interessado em uma Ômega?

— Elias. E ele é um excelente juiz de caráter. Começamos um novo programa no Território Andorra que exige que nossos Alfas cortejem as Ômegas, não apenas as reivindiquem. Espero que isso não seja um problema para você.

Ele diz essa última parte como se fosse mais uma ameaça do que uma explicação, deixando claro que, se eu tiver algum problema com isso, então *teremos* um problema.

— Winter e Kari podem atestar minhas opiniões sobre consentimento e *cortejo* — eu o informo sem rodeios. Embora eu não consiga evitar a pontada de sarcasmo na última palavra, por que quem diz *cortejar*? Ander Cain, aparentemente.

— Humm — ele murmura. — Você está vivo, então deve ter tratado bem as duas Ômegas. Caso contrário,

Kaz e meu irmão já teriam te matado. — Há um toque de diversão em seu tom, mas é difícil acreditar que ele esteja realmente se divertindo.

Algo me diz que Ander raramente encontra humor em alguma coisa.

— Ela já disse para onde quer ir? — ele continua, mudando um pouco de assunto. — Sua Ômega, quero dizer.

— Ela não é minha Ômega — eu o corrijo. — E não, não acredito que ela tenha dito.

— Não foi isso que o Elias disse.

Franzo a testa.

— Ela disse a ele para onde quer ir?

— Estava me referindo à besteira de *não é minha Ômega* que você acabou de falar — ele me diz e sua expressão agora combina com seu tom divertido.

Talvez eu estivesse errado. Talvez Ander Cain consiga encontrar humor nas coisas.

— Elias disse que você praticamente o empurrou para fora do caminho quando ele tentou falar com ela — Ander continua. — Ele também ficou surpreso por você não ter mijado em cima dela para demarcar território.

Reviro os olhos.

— Seu segundo exagera.

— Sim — Ander concorda. — Mas, como eu disse, ele é um excelente juiz de caráter.

Eu resmungo.

— Acabamos de nos conhecer.

— Em minha experiência, isso pouco importa para nossos lobos.

Bem, ele está certo a esse respeito. Meu lobo farejou Caja na gaiola, o cheiro dela o intrigou de imediato. Então, aqueles lindos olhos encontraram os meus e meu mundo virou de cabeça para baixo.

— Você é um bom Alfa, Enrique — ele continua. — Respeitarei qualquer decisão que você tomar em relação à Ômega. Apenas se certifique de que ela concorde com essa decisão. Isso tornará sua vida muito mais fácil.

— Isso soa como mais uma declaração motivada pela experiência — digo, ignorando seu comentário sobre eu ser um *bom Alfa*. Nem tenho mais certeza do que isso significa.

— Você não faz ideia — Ander murmura enquanto uma mensagem aparece em seu pulso. — Dušan — ele me diz. — Alfa do Território das Terras Sombrias. Preciso atender.

Ele não espera que eu responda, apenas se afasta para atender à chamada.

Saio para lhe dar privacidade. Política do Território não é minha praia. Vou encaminhar isso para o Alfa responsável.

E, enquanto isso, vou dar uma olhada em Caja.

Minha Ômega, penso, gostando do som. Convivi com Ômegas durante toda a minha vida, mas nunca considerei nenhuma delas dessa maneira, provavelmente porque as regras de Carlos tornaram impossível querer reivindicar uma fêmea para mim.

Talvez isso aumente minha curiosidade.

Ou talvez seja apenas a Caja.

De qualquer forma, vou até onde ela está dormindo e me agacho para puxar o cobertor até seu queixo. Ela se inclina para o meu toque e seus lábios se entreabrem em um suspiro.

— Descanse, pequeno tesouro — sussurro e resisto à vontade de acariciar sua bochecha. — Você está segura agora. Não deixarei que ninguém a machuque novamente. Eu prometo.

CAJA

O rosnado me desperta do sono, o som ecoa alto e feroz para meus ouvidos. Eu me enrosco ainda mais em meu ninho, tentando escapar do que acontece em seguida.

Gritos, penso, estremecendo. *Muitos. Muitos. Gritos.*

Tento abafá-los, fingindo que estou em outro lugar. Mas não há lugar para eu imaginar. Tudo o que sempre conheci foi o inferno.

Acordar.

Obedecer.

Sobreviver.

Tentar dormir.

Essa é a minha vida. Minha existência solitária. Até que meu Alfa me leve ao meu destino.

Por favor, rezo para as luas. *Por favor, não façam com que seja tão ruim quanto eu temo.*

Mas ouvi o terror nos gritos dos outros. Sei que é ainda pior do que posso imaginar.

Se ao menos eu pudesse sonhar com um lugar seguro, nem que fosse por um momento.

Os murmúrios diminuem ao meu redor, e o som do rosnado cresce.

Prendo a respiração e espero, minha mente procurando uma saída.

Olhos escuros. Cabelos ainda mais escuros. Um nariz perfeito. Mandíbula quadrada coberta por uma fina barba preta. Um sorriso com covinhas.

Franzo a testa. A imagem é tão vívida em minha mente que eu poderia jurar que já vi esse homem antes. Mas... mas onde?

Por quê...? Meus olhos se abrem quando o nome do homem aparece em meus pensamentos. *Enrique.*

Olho em volta, assustada ao encontrar um campo bem iluminado.

Meu foco se volta para o ar, onde um jato voa em direção ao sol do meio-dia. Essa foi a fonte do estrondo que me acordou. Eu já vi aviões, pois meu Alfa morava perto de um antigo aeroporto. Todas as remessas internacionais passavam por lá, muitas delas com passageiros aterrorizados.

Os gritos...

Engulo em seco.

Esses gritos me assombrarão até a morte.

Mas não há gritos aqui, apenas murmúrios.

Sigo a fonte e encontro várias Ômegas amontoadas nas proximidades. *Hel. Paige. Wendy. Guðrún.* As outras duas são novas. Nenhuma delas é Ômega do X-Clan também.

— Isso é do seu Alfa — Hel diz, apontando com o

queixo para um pacote perto do meu ninho de cobertores.

— M-meu Alfa? — repito e um arrepio percorre minha coluna. *Meu Alfa está aqui?*

— Enrique — Guðrún explica.

É uma única palavra. Um nome. No entanto, o profundo alívio que percorre meus ombros quase me faz derreter nos cobertores.

Não é Bautista. *Enrique.*

Porque meu Alfa está morto.

E eu estou a salvo. Mais ou menos. Eu... eu não tenho casa. Mas o meu Alfa não está aqui. Ele se foi. *Para sempre.*

— Ele trouxe almoço para todas nós — Paige acrescenta com um sorriso sonhador. — Mas colocou o seu naquele saco para mantê-lo aquecido e nos pediu para não te acordar.

— Ah. — Abro o pacote e dou uma olhada dentro.

Meus olhos se arregalam ao encontrar uma banana, um sanduíche, duas garrafas de água e o que parece ser biscoito.

— Parece que um dos jatos chegou com mais comida — Paige diz antes que eu possa perguntar de onde veio tudo isso. — Depois, eles deram meia volta e foram embora com outro grupo de Ômegas.

— Sim, só restam três grupos — Hel acrescenta. — Elias diz que todos partirão ao cair da noite, então precisamos dizer a ele para onde queremos ir. Ele quase te acordou para perguntar sua escolha, mas seu Alfa o impediu.

Franzo a testa.

— Meu Alfa é o Enrique? — pergunto, me certificando de que é a ele que ela se refere.

— Sim. A refeição que você está desejando.

Pisco. Ela tem uma estranha obsessão em se referir ao Enrique como comida. Mesmo assim, ignoro suas palavras e respondo:

— Não sei para onde quero ir.

— Então eles vão te levar para o Território Andorra por padrão — Paige me diz. — Foi o que disseram a Guðrún.

A Vampira Ômega dá de ombros.

— Isso vai me dar algum tempo para pensar.

Não tenho certeza do que ela quer dizer, e o olhar assombrado me faz não querer perguntar. Então, apenas assinto, como se entendesse e vasculho a sacola de Enrique.

Estou na metade do sanduíche quando o macho em questão se aproxima com outro Alfa ao seu lado.

— Bom dia, Caja — ele ronrona.

Bem, ele não ronrona de forma literal. Mas, em minha cabeça, juro que ouço seu zumbido suave.

Na verdade, acho que o ouvi ronronar a noite toda. Talvez em meus sonhos?

— Este é o Sven — ele continua. — Ele é do Território Nórdico.

— Oi, Caja — o Alfa loiro me cumprimenta, se agachando. — Enrique me pediu para te contar sobre minha terra natal.

Eu franzo a testa.

— Por quê?

— Para o caso de você querer vir morar no meu Território — ele diz.

Dou uma olhada para Enrique.

— É lá que você mora? — Na verdade, não sei ao certo de onde ele é. Mas talvez eu possa ir para onde ele for, supondo que outros Alfas sejam como ele.

Enrique se contorce.

— Não, sou do Território Bariloche.

Meus lábios formam um "O" , mas o som não sai da minha boca. Eu... não tenho certeza de como responder. Pensei que talvez ele fosse de uma terra de Alfas gentis. Aparentemente, não.

E não acho que ficar aqui com ele seja uma opção.

A menos que eles me levem de volta para meus irmãos, penso, fazendo uma careta.

— Mas você está planejando ficar no Território Andorra por um tempo, certo? — Sven pergunta, seu comentário claramente para Enrique.

Ele passa os dedos nos cabelos grossos, algo que já o vi fazer algumas vezes. Os fios fazem cócegas em suas orelhas, sugerindo que talvez o cabelo esteja um pouco mais comprido do que ele está acostumado. Mas eu gosto desse comprimento. Isso lhe dá um ar selvagem.

— Sim, esse é o plano. Por enquanto.

Sven assente.

— É um bom plano.

Enrique lhe dá uma olhada.

— Tenho certeza de que seu irmão pensa da mesma forma. — O sarcasmo é evidente, mas isso só faz o outro homem rir.

— Ele está acostumado a lidar com Alfas intimidadores e a afastar desafiantes.

— Não vou desafiar seu irmão — Enrique afirma.

— Ah, eu sei. Mas acho que você também não vai se submeter a ele.

Enrique dá de ombros.

— Talvez. — Mas então seu olhar se volta para mim. — Sven vai te contar mais sobre o Território Nórdico, caso você queira ir para lá.

— E se eu quiser ir com você? — pergunto antes que possa pensar melhor sobre minha pergunta ousada. — Eu... quero dizer... — *Droga. Por que eu disse isso?*

Mas ele parece não se importar com minha ousadia. Porque sorri.

— Você é bem-vinda para vir comigo, pequeno tesouro. Na verdade, eu gostaria muito disso. Mas Sven tinha que oferecer uma alternativa.

— Estou apenas seguindo as novas regras de cortejo do Ander — Sven diz. — Vou informá-lo da escolha dela.

Ele sai antes que eu possa dizer que, na verdade, não fiz uma escolha. Não uma que eu tenha expressado, pelo menos.

Mas eu... gosto da ideia de seguir Enrique.

Além disso, várias Ômegas também estão indo para lá. E elas têm sido muito legais comigo até agora. Na maioria das vezes.

Hel gosta de me provocar, mas não da mesma forma que as Ômegas faziam em casa. Ela sorri e compartilha informações. As Ômegas do ninho do meu Alfa nunca sorriam, e certamente também nunca *compartilhavam* nada. Nenhum alimento. Nem água. Nenhuma palavra gentil. Apenas... farpas e crueldades.

Enrique passa os nós dos dedos em minha bochecha, uma ação que ele já fez várias vezes. Gosto disso. É quase como uma marca, fazendo seu cheiro se incrustar em minha pele. Eu me inclino em seu toque e inspiro, sua colônia amadeirada me envolvendo.

— Os jatos vão partir pôr do sol — ele me diz antes de olhar para as outras. — Há chuveiros a bordo, que todas vocês poderão usar quando estiverem no ar. Roupas novas também estarão disponíveis, mas os tamanhos podem variar.

— Você estará no jato? — pergunto, abraçando minha veia ousada e esperando que ele ainda goste disso.

Seu sorriso me diz que sim, mas é uma expressão de curta duração quando ele responde:

— Ainda não sei. Mas assim que eu tiver a minha tarefa, eu a compartilharei com você.

Há algo nisso que parece uma promessa. Um voto íntimo. Minha loba se agita de forma animada, como se estivesse satisfeita por esse Alfa estar nos favorecendo.

Ele está?, me pergunto, olhando em seus olhos escuros. *Será que ele se sente tão atraído por mim quanto eu por ele?*

Não tenho a chance de perguntar, porque alguém chama seu nome do campo, afastando-o do nosso grupo. Ele me dá uma piscada antes de ir embora, um olhar que eu guardo na memória.

— Vocês devem ter cuidado — uma das Ômegas não identificadas do X-Clan alerta. — Eu estava conversando com um Beta mais cedo, e ele me avisou que Enrique era um dos generais preferidos de Carlos. Ele não é um bom Alfa.

Franzo a testa, pois sua descrição está em desacordo com meus instintos.

— É verdade — outra Ômega diz. — Eu ouvi a conversa. Ele estava dizendo que não entendia por que os Alfas deixaram Enrique viver depois de tudo o que ele fez.

A Ômega original assente.

— Sim, exatamente.

— Talvez ele tenha ajudado os outros Alfas a impedir o que quer que estivesse acontecendo aqui — Guðrún oferece com a voz suave. — Todos eles parecem ser amigos.

Parecem mesmo, penso, concordando com ela. *Se Enrique fosse ruim, os outros não seriam tão amigáveis com ele.*

Mas saber que ele é daqui me deixa um pouco desconfortável. *Será que ele conhece meu Alfa?*, me pergunto.

É claro que sim, percebo no instante seguinte. *Enrique sabia o nome do meu Alfa e me disse que ele estava morto.*

No entanto, ele não parecia muito chateado com a perda. Então, talvez eles não fossem amigos, apenas conhecidos.

— Bem, não confio nele — a primeira Ômega do X-Clan diz com um movimento de seus longos cabelos castanhos.

— Nem eu — a outra concorda.

Guðrún dá de ombros.

— Suas intenções me parecem seguras. — Ela franze o nariz depois de dizer isso, como se estivesse surpresa com suas próprias palavras. Mas então ela olha para mim e acrescenta: — Ele parece gostar muito de você.

Hel bufa.

— Porque ela está prestes a entrar no cio.

Eu pisco.

— O quê?

— Você não consegue sentir? — ela me pergunta.

— Ela disse que nunca entrou no cio antes — Paige a interrompe. — Então ela não saberia como é a sensação. Além disso, nossos ciclos de cio são individualizados, o que significa que cada uma entra no cio em seu próprio ritmo.

Wendy assente.

— Sim, isso mesmo. Presumo que seja por isso que os Alfas estão tentando levar todas nós para um Território o mais cedo possível. Há grandes chances de que pelo menos uma de nós entre no cio em breve, e eles querem nos proteger.

— Ou procriar — uma das Ômegas não identificadas murmura. — É por isso que eu quero ir para casa.

— Eu também — a outra diz.

Paige estreita o olhar.

— Bem, não tenho interesse em voltar ao Território Cusco.

As outras duas mulheres zombam e se juntam. Não sei se elas se conheciam antes de vir para cá ou se se encontraram no grupo. De qualquer forma, parecem estar unidas por semelhança.

Ignorando-as, penso no que Hel disse sobre meu cio.

Não estou me sentindo diferente.

Bem, isso não é verdade.

Eu me sinto satisfeita. Cheia. *Hidratada.* Isso certamente foi diferente do meu normal.

— Que tipo de mudanças... — Paro quando um movimento à direita chama a minha atenção.

Elias e outro Alfa estão caminhando em nossa direção. Enrique não está à vista.

Meus braços se arrepiam. O Alfa com Elias exala um ar dominante que torna impossível encontrar seu olhar. Ele é poderoso. Está no comando. E chama a atenção.

— Tudo bem — ele diz com a voz áspera. — Conseguimos tomar providências para que a maioria de vocês vá para onde solicitaram. — Ele puxa uma prancheta e começa a ler. — Hel, Alfa Ragnar está esperando você no Território Selvagem.

Hel se anima, seu olhar azul brilha.

— Você falou com meu irmão?

O Alfa dá uma olhada para cima.

— Não. O Alfa Dušan conseguiu mexer alguns pauzinhos. O Território Selvagem não é muito acessível, mas encontramos uma maneira de fazer isso funcionar.

Ela assente.

Ele continua se dirigindo às duas Ômegas não identificadas – *Farah* e *Latya*, pelo que ouvi – e diz que não conseguiu entrar em contato com o Alfa delas.

— Vocês vão para o Território Nórdico por enquanto. A Alfa Alana assumirá a tentativa de chegar ao seu Território de origem.

As duas fêmeas se olham, com incerteza estampada nas expressões.

Mas o Alfa não dá espaço para debate ou fazer mais pedidos. Ele diz que elas precisam se juntar a um grupo do outro lado do campo.

— Vocês estão no próximo voo — ele as informa antes de passar para mim, Guðrún e Paige. — Não tenho espaço no meu jato para levá-las diretamente para o Território Andorra conosco, então Enrique vai levá-las até lá depois que deixar todas as outras.

Wendy é a última a quem ele se dirige, confirmando que ela será levada de volta ao Território Tallinn.

— Há quatro outras Ômegas que se juntarão a vocês na viagem, elevando o total para nove. Tudo está preparado, mas vocês viajarão por alguns dias. Se precisarem de alguma coisa, Enrique é o Alfa de vocês. Ele fará o possível para deixá-las confortáveis. Entendido?

As que restaram assentiram.

— Ótimo. — Ele olha para mim, Paige e Guðrún novamente. — Caso não saibam, sou Ander Cain, o Alfa do Território Andorra.

— Você provavelmente deveria ter começado a conversa dessa forma — Elias resmunga.

Ander o ignora e acrescenta:

— Estamos muito satisfeitos com escolha de vocês de se juntarem a nós. As acomodações já estão sendo preparadas e estamos ansiosos para recebê-las, por mais que possa ser temporário.

Ele faz uma pequena reverência com a cabeça e se afasta sem dizer mais nada.

— Nada mal, Cain — Elias diz enquanto segue atrás dele. — Kat aprovaria.

— Pare de me provocar, E — Ander responde.

Elias pressiona a mão em seu peito.

— Eu faria uma coisa dessas?

— Todos os dias da minha vida — o Alfa do Território Andorra resmunga.

Elias dá uma risadinha e a conversa se acalma enquanto eles avançam rapidamente pelo campo a passos largos.

— Bem, ele é assustador — Paige sussurra.

— Sim — Hel concorda. — Ele me lembra um pouco o meu irmão.

Não digo nada. Meu olhar procura Enrique enquanto me lembro do que Ander disse. *Se precisarem de alguma coisa, Enrique é o Alfa de vocês.*

Enrique será nosso acompanhante para o Território Andorra.

Ele é o nosso Alfa.

Meu Alfa.

Os avisos de Farah e Latya passam por minha mente, provocando um arrepio em minha coluna.

Posso confiar nele?, me pergunto. *Eu quero confiar.*

Porque a ideia de ele ser meu Alfa é bastante atraente. Talvez um pouco atraente *demais*.

Talvez eu esteja prestes a entrar no cio.

Só espero que isso não aconteça no avião...

ENRIQUE

— Você está bem? — Elias pergunta enquanto faço uma verificação na cabine de comando.

Assinto.

— Sim, pilotar é como andar de bicicleta. — Só que mais fácil, honestamente. A tecnologia do Território Andorra está muito à frente do resto do mundo.

Bem, *a maior parte* do mundo.

Os lobos do V-Clan têm as próprias coisas sofisticadas, potencializadas pela magia vodu. Mas, em termos de tecnologia do X-Clan, o Território Andorra é de primeira linha.

— Muito bem. — Elias me dá um tapinha no ombro. — Não dê o nó na Ômega no jato. Você não tem copiloto e, embora o sistema de piloto automático seja bom, não é *tão* bom assim.

Arqueio uma sobrancelha para ele.

— Sei como controlar meu lobo, Elias.

Ele sorri.

— Sim, mas ele está ansioso para cravar os dentes

naquela Ômega. Posso ver em seus olhos toda vez que você a observa.

— Acabamos de nos conhecer.

— Como eu disse ontem, isso não significa nada.

— Acho que você me disse que isso significava pouco para nossos lobos — eu o corrijo.

— É a mesma coisa — ele me diz antes de se virar para sair. Então, ele faz uma pausa e acrescenta: — Obrigado por fazer isso.

— É o mínimo depois de tudo o que vocês fizeram por mim — respondo, falando sério.

Quando Ander disse que precisava de alguém para levar um grupo de Ômegas para os Territórios escolhidos, me ofereci para o trabalho. Parecia uma tarefa apropriada para mim.

E também prolongou o inevitável reencontro com meu irmão.

— Não fizemos isso por você — ele murmura.

— Eu sei. — Eles fizeram isso pela Kari. — Mas me beneficiei. — Porque Carlos finalmente está morto. Meu irmão está livre... até certo ponto. Kari e Savi estão a salvo.

E eu estou... em um estado a ser determinado.

— Acho que isso ainda está para ser visto — ele responde com uma expressão conhecedora. Ele não consegue ler minha mente, mas sem dúvida entende minha situação atual. — Te vejo em um ou dois dias. Depois conversaremos mais.

Ele me dá um tapinha no ombro novamente e sai. Finalizo alguns itens enquanto as Ômegas embarcam e a voz de Elias chega aos meus ouvidos ao instruir todas elas sobre onde se sentar.

— Vocês poderão se movimentar depois da decolagem — ele diz, fornecendo uma visão geral dos procedimentos de decolagem.

As Ômegas não falam muito, mas a energia nervosa, sim. Para algumas delas, essa é provavelmente a primeira vez que estão em um jato. E as outras que já voaram antes – para chegar ao Território Bariloche – provavelmente não gostaram das experiências.

— Muito bem, capitão. Está tudo pronto e liberado para a decolagem.

Olho de volta para Elias, com uma sobrancelha arqueada.

— Seu jogo de imitação precisa ser trabalhado. — Porque ele acabou de tentar – e falhou miseravelmente – imitar o tom rouco de um controlador de rádio, como se estivesse imitando algum filme antigo da Era Pré-Infectada.

Ele dá uma risadinha.

— Vamos nos divertir muito quando chegarmos ao Território Andorra.

— Por que isso soa como uma ameaça?

A diversão brilha em seu olhar cor da meia-noite.

— Porque sou o melhor atirador de todo o Território Andorra e acabei de escolher você como novo parceiro de treino, amigo.

Eu sorrio.

— Você deveria ter examinado minhas habilidades antes de me desafiar, *amigo*.

— Eu o avaliei ontem, quando derrubamos o

Carlos. Você não errou um único alvo. — Ele inclina a cabeça. — Como eu disse, vamos nos divertir juntos. — Ele sai da cabine de comando. — Voe com segurança.

— Você também — digo a ele.

Ele assente e fecha a porta da cabine. Ela se tranca automaticamente, não que isso seja realmente necessário. Mas o jato é equipado com recursos de segurança por precaução.

Menos de um minuto depois, uma luz verde aparece quando a porta externa é fechada, informando que ele desembarcou do jato. Coloco o fone de ouvido e faço uma verificação final, depois me concentro nas câmeras para encontrar um Beta agitando uma bandeira.

Não há pista de decolagem, mas esses jatos de alta tecnologia disparam para cima como um foguete. Muito, muito diferente dos aviões de minha juventude, quando os humanos ainda dominavam o mundo.

— Tudo certo — Sven avisa, agindo como minha equipe de terra. — Aproveite os céus.

— Sempre — respondo.

Meu animal prefere o chão, enquanto eu prefiro o céu. Provavelmente, eu deveria ter nascido como um metamorfo de dragão ou qualquer outra coisa com asas. Infelizmente, sou um lobo.

Minha fera rosna, como se pudesse entender meus pensamentos. Ou talvez seja o conhecimento do que estou prestes a fazer que o deixa agitado.

Aciono um botão no fone de ouvido e inicio o sistema de alto-falantes dentro do jato.

— Estamos prestes a decolar — aviso a todas. —

Vamos subir direto, portanto, certifiquem-se de que estão sentadas e com os cintos de segurança atados.

Elias já fez esse discurso, colocando o cinto de segurança nelas antes de desembarcar, mas verifico o vídeo para ter certeza e encontro nove Ômegas nervosas, presas aos assentos de passageiros.

— Quando estivermos no ar, vocês poderão se movimentar livremente pela cabine. O quarto nos fundos tem um armário de roupas e o banheiro também foi abastecido para atender às suas necessidades. Sugiro que se revezem, pois o espaço não é grande. — Verifiquei o banheiro antes de entrar na cabine de comando. O chuveiro é grande o suficiente para duas ou três Ômegas, mas duvido que seja confortável.

Verifico as imagens de segurança, procurando por qualquer sinal de perigo. Com exceção de alguns olhares ansiosos, todas parecem estar bem.

— Muito bem, decolando em dez segundos... — Aciono outro interruptor para iniciar os protocolos de decolagem do sistema.

Uma voz artificial feminina continua a contagem regressiva no alto.

— Nove.

— Oito.

— Sete.

Desvio o olhar das Ômegas na tela e me concentro nos controles diante de mim. A maior parte disso é automatizada, mas ainda tenho que monitorar o processo.

— Seis.

— Cinco.

Verifico meu cinto.

— Quatro.

Fixo meu olhar na janela quando um estrondo sutil começa abaixo de mim, fazendo com que a adrenalina percorra em minhas veias.

— Três.

— Dois.

— Um.

O estrondo se transforma em um rugido à medida em que o jato dispara em direção ao céu e a gravidade pressiona cada centímetro do meu corpo enquanto subimos a uma velocidade incrível. É uma reação inicial à rápida aceleração, mas quando a gravidade artificial dentro da cabine se equaliza, a sensação de esmagamento diminui lentamente.

Só para aumentar mais uma vez quando o jato começa a arquear, empurrando-nos para a trajetória de voo desejada.

Eu o programei antes da decolagem, mas verifico a direção para ter certeza de que estamos voando corretamente, e estamos. Voaremos para o norte, cruzando a costa até chegarmos ao ponto mais ao norte deste continente e iniciaremos uma trajetória para o leste.

Tudo começa a se acalmar à medida que o jato atinge a velocidade de cruzeiro e o peso deixa minha forma e gradualmente volta ao normal. Ou quase normal, pelo menos.

Olhando para a tela, vejo várias Ômegas balançando os braços e as pernas, provavelmente por não terem gostado da experiência. Mas ninguém parece estar enjoada, o que é um bom sinal.

Aguardo mais alguns minutos antes de ligar novamente o sistema de alto-falantes.

— Atingimos nossa altitude de cruzeiro. Não tenho certeza se Ander ou Elias compartilharam nosso itinerário completo, mas vamos primeiro para o Território Nova, onde passaremos a noite e reabasteceremos.

Eu nunca estive no Território Nova. É uma das poucas áreas remanescentes no mundo que abriga lobos árticos, pois sua espécie é, infelizmente, suscetível ao vírus semelhante a um zumbi que exterminou a maior parte da população humana.

Quando Ander telefonou para dizer que tinha duas Ômegas do Ártico em seu poder, o Alfa do Território Nova ficou tanto furioso quanto aliviado. Aparentemente, as duas fêmeas de cabelos brancos eram as únicas Ômegas não acasaladas em seu Território.

Também eram suas filhas.

Assim, Ander sugeriu que o Território Nova fosse nossa primeira parada.

Do ponto de vista da rota de voo, era o que fazia mais sentido. Depois do Território Nova, iremos para o Território Savage, no que costumava ser a Romênia. Depois, o Território Tallinn e dois outros lugares na Ásia antes de chegarmos ao Território Andorra.

Volto minha atenção para as câmeras de segurança e meu olhar imediatamente encontra Caja.

Ela está voltando comigo.

Paige também.

No entanto, é Caja que prende minha atenção.

Ela está sentada em silêncio, ouvindo Hel enquanto ela pergunta às duas lobas do Ártico sobre o Território Nova. A loba Ulv parece nervosa, o que é interessante, pois ela parece ser uma das Ômegas mais confiantes. Embora, neste momento, ela quase pareça enjoada.

Provavelmente por causa da decolagem, penso, observando algumas outras Ômegas pálidas na transmissão de segurança.

Mas Caja parece estar bem. Apenas preocupada. No entanto, à medida que as lobas do Ártico continuam a descrever sua casa, ela e alguns dos outros começam a relaxar.

Faço o mesmo. Me recosto na cadeira e verifico os controles novamente.

Ficaremos no ar por várias horas. Embora esses jatos se movam rapidamente, não podem exatamente se teletransportar. Teremos tempo mais do que suficiente para que todas as Ômegas tomem banho, troquem de roupa, descansem e comam.

Estico o pescoço. Meus músculos estão tensos pelo que parece ser anos de estresse. E isso não vai passar tão cedo.

Com um suspiro, olho pela janela.

É uma noite clara, com a lua quase cheia iluminando o céu. Tempo perfeito para voar.

Verifico o radar e não vejo tempestade em nosso caminho. Nem no horizonte.

Deve ser um voo bastante simples.

Solto o cinto de segurança e me levanto para esticar

os braços. Não durmo há dias, não que eu realmente precise disso. Mas não consigo lutar contra a vontade de bocejar. Porque, caramba, estou cansado. *Cansado. Demais.*

E não há fim à vista, penso de forma sombria e meus ombros caem.

Quando concordei em pilotar este avião, não considerei o possível tempo de inatividade.

— Droga — murmuro, me encostando em uma parede. A última coisa que quero é ficar sozinho com meus pensamentos. Meus arrependimentos. Minhas preocupações. *Tudo.*

Fecho os olhos, respiro fundo e volto a olhar para o monitor, na esperança de encontrar meu pequeno tesouro. Minha *distração.* Mas ela não está mais sentada em sua cadeira desde a decolagem.

Verifico cada câmera, procurando por ela. E paro quando a encontro.

Ela está... está na porta da cabine.

Me viro para ela, surpreso com sua presença.

Mas ela não emitiu nenhum som.

Franzo a testa, olho de volta para o monitor e a vejo morder o lábio inferior, com a expressão incerta. Ela dá um passo para trás, depois faz uma pausa e sua expressão se torna determinada.

Mas ela perde a determinação quando levanta a mão.

Contraio os lábios quando ela fecha os dedos em punho, claramente agitada consigo mesma.

Posso não ser capaz de ler sua mente, mas posso ler sua expressão claramente. Ela está pensando se deve ou não bater na porta e está frustrada consigo por não fazer isso.

Eu poderia ajudá-la e simplesmente abrir a porta. Mas quero ver como isso vai se desenrolar. Então me encosto na parede, olhando para a câmera enquanto ela continua sua batalha interna.

É engraçado. Em um segundo, ela está balançando a cabeça. No outro, está se contorcendo.

Juro que a ouço rosnar pela porta quando se vira para seguir em direção à cabine principal. Estou prestes a ir atrás quando ela volta e praticamente corre em minha direção.

A batida é brusca. É rápida, depois ela pula para trás com um olhar de horror, como se não pudesse acreditar que acabou de fazer isso.

Dou uma risada, me divertindo como nunca.

Mas quando destranco e abro a porta, não deixo que ela veja minha reação bem-humorada. Simplesmente espio e digo em tom educado:

— Está tudo bem, tesoro?

Ela pisca os grandes olhos escuros para mim.

— Eu, ah, estava pensando se você precisa de alguma coisa para comer.

Empurro a porta para que possa me apoiar no batente.

— Depende — digo, olhando-a de cima a baixo. — O que tem no cardápio? — Até agora, tenho me mantido calmo, não flertando tanto com ela quanto a confortando. No entanto, aquele pequeno espetáculo que acabei de presenciar me deixou em um estado de espírito brincalhão. E agora, quero ver como ela vai reagir a um flerte claro.

Infelizmente, ela apenas pisca para mim e começa a recitar itens alimentares reais.

Tão inocente, penso, maravilhado, olhando para ela novamente. *E tão linda.*

Ela engole em seco.

— Alguma dessas coisas parece, hum, boa?

— Nenhum desses itens combina com meu humor. — Porque não é comida que está me apetecendo. Mas não conto a ela essa última parte.

— Oh. — Ela franze o nariz. — Certo. Bem, se você mudar de ideia, me avise e eu te trago algo.

— Obrigado — digo a ela, sorrindo. — Foi muito atencioso de sua parte verificar como eu estava.

Ela assente.

— De nada. Só vou ficar... — Ela gesticula de volta para a cabine principal e se afasta um pouco de mim.

— Mas eu não me importaria de ter companhia — digo antes que ela possa escapar. — É um pouco solitário aqui dentro. — Um comentário fraco, mas verdadeiro.

Seus olhos se voltam para os meus.

— Ah, tudo bem eu ficar aqui?

Dou de ombros.

— Sou o piloto, então suponho que isso significa que eu faço as regras e digo que está tudo bem.

— Você também é Alfa — ela ressalta. — Então, acho que você sempre dita as regras.

Considero suas palavras.

— É verdade que o domínio é uma característica

natural. Mas nunca estive em uma posição em que minhas regras fossem importantes. — Porque eu estava sempre cumprindo os desejos de Carlos – ou, mais recentemente, os desejos de Ander –, mas nunca os meus.

Caja franze a testa para mim.

— Pensei que você fosse um dos generais do Alfa Carlos. Isso não o colocaria em posição de criar e impor regras?

Meu coração se aperta com suas palavras.

— Você sabia que eu era um dos generais dele? — Alguém disse isso a ela? Ou será que ela reconheceu meu nome depois que eu o compartilhei?

Não. Não pode ter sido a segunda opção. Ela teria medo de mim se fosse esse o caso.

Mas então, por que ela não me teme agora?

— Bem, não — ela gagueja e sua pele bronzeada empalidece.

Não importa. Aí está o medo.

Que merda.

— Outra Ômega me contou — ela continua. — Eu não tinha certeza se era verdade ou não.

Levo a mão à nuca e solto um suspiro.

— Sim, eu era um de seus generais. Um de seus favoritos, na verdade. — Eu não precisava acrescentar essa última parte, mas quero que ela me conheça. Que me *entenda*.

— Eu... eu não deveria ter perguntado — ela diz, dando um passo para trás. — Sei que não cabe a mim. Eu... — Ela franze a testa. — Não sei por que estou agindo dessa forma com você. Me desculpe, Alfa.

— É Enrique — eu a lembro gentilmente. — E o que quer dizer com isso? Como você está agindo perto de mim?

Ela olha por cima do ombro antes de se inclinar para mim e sussurrar:

— Não paro de fazer perguntas. Sei que não devo. Eu... nunca fiz isso.

— Você nunca fez perguntas?

Ela balança a cabeça e arregala os olhos.

— Nunca. Meu Alfa teria me matado por me comportar dessa maneira.

— Seu Alfa — repito. — Está se referindo ao seu pai, Bautista?

Caja se arrepia e inclina o queixo.

— Sim. Eu não tinha permissão para falar com ele.

Fico olhando para ela.

— Você não podia falar com ele?

Ela balança a cabeça novamente.

— Eu não era digna de sua presença.

— Ele te disse isso? — pergunto e meu sangue esquenta com a ideia. *Seu pai a chamou de indigna, e tudo o que fiz foi dar um tiro na cabeça dele?*

Merda.

Se eu soubesse de tudo isso, teria arrancado os joelhos dele primeiro. Deixá-lo sofrer por algumas horas. *Depois,* colocaria uma bala entre seus olhos.

Ela franze a testa.

— Sim, como fizeram todos os outros.

Os outros? Várias pessoas a chamaram de inútil?

— Quem são os outros? — pergunto, preparado

para fazer notas mentais. Porque, quem quer que sejam, vou aniquilá-los.

— Minha alcateia — ela me diz. — Os outros Alfas – meus irmãos, eu acho. E as Ômegas. Todos explicaram minha inutilidade, então eu entendo. Meu único valor na vida é o preço que Alfa Carlos concordou em pagar por mim, o que, pelo que percebi, não foi muito.

De repente, sinto vontade de dar um soco em alguma coisa. Ou em alguém. Em várias pessoas.

É preciso fazer um esforço físico para não reagir externamente às palavras dela. Mas não quero assustá-la com minha raiva.

— Carlos era um monstro, Caja — respondo com a voz um pouco mais grave do que o normal. — Ele não poderia definir seu valor, mesmo que tentasse. Porque ele nunca apreciou a beleza e a raridade da espécie Ômega. Ele só quis lucrar com a exploração daqueles que nós, Alfas, devemos cuidar e estimar.

Ela pisca para mim.

— Mas... mas você trabalhou para ele.

— Trabalhei. E ajudei a matá-lo.

— Por quê?

— Porque eu o odiava. — É uma resposta simples, que não tenho dificuldade em dar.

— Por quê? — ela repete, com os olhos inquisitivos.

— É uma história muito longa — admito.

Ela estremece e seu olhar se volta para o meu peito.

— Sinto muito, Alfa. Não deveria ter perguntado. Não cabe a mim pedir explicações.

Eu me aproximo para segurar seu queixo e guio seus olhos de volta para os meus.

— Por favor, me chame de Enrique, Caja. Não há necessidade de ser formal comigo.

Ela engole em seco.

— Sinto muito.

— Não precisa mais pedir desculpas — digo a ela, acariciando sua mandíbula. — Você é mais do que bem-vinda para falar comigo, pequeno tesouro. Na verdade, eu a encorajo a fazê-lo.

Sua sobrancelha ainda está franzida, a expressão, incerta.

— Eu não estava dizendo que é uma longa história para dissuadi-la, Caja. Eu ia perguntar novamente se você gostaria de entrar na cabine, pois eu preferiria me sentar antes de contar tudo sobre minha história com Carlos.

— Você realmente não se importa?

— Não — digo a ela baixinho. — Na verdade, é o oposto. Adoraria que você se juntasse a mim. — Eu a solto e faço um gesto para as cadeiras. — Há até dois assentos. E a vista aqui de cima é incrível.

Ela olha ao meu redor e vê as grandes janelas de vidro. Em seguida, arregala os olhos com a visão.

— Uau.

— Eu sei — murmuro. — Então, o que acha, Caja? Quer me fazer companhia enquanto eu piloto o avião?

Ela morde o lábio inferior enquanto me considera mais uma vez. Então, gradualmente, ela assente.

— Sim, por favor.

Sorrio e dou um passo para o lado.

— Entre e fique à vontade.

CAJA

Ouço enquanto Enrique me conta tudo sobre seu irmão gêmeo, Joseph. E a companheira dele, Savi. Depois, sobre a irmã dela, Kari.

Sobre todas as coisas que Carlos fez com eles.

Como ele torturou Joseph e Savi por acasalarem.

Como Carlos atormentava qualquer Alfa por reivindicar uma Ômega.

Mas ele era particularmente cruel com Joseph, porque Savi era sua filha.

— Ele não gostou do fato de Joseph tê-la reivindicado — Enrique diz. — Mas o acasalamento era irreversível. Assim, Kari, a outra filha de Carlos, sofreu o impacto de sua raiva e frustração.

Enrique descreve o significado de algumas dessas coisas sem entrar em muitos detalhes. Mas é o suficiente.

A situação toda é complicada e de partir o coração.

Ele continua a me contar sobre ter que concordar em se unir a uma Beta para ajudar a firmar uma aliança com outro Território.

— Carlos me ofereceu isso como se fosse um presente por ser leal a ele, mas eu não sabia. Era uma ordem — ele diz.

Mas então, ele explica que o acasalamento nunca foi realizado.

No fim das contas, ela era uma Ômega e se casou com outro Alfa.

— Ela entrou sorrateiramente no avião dele durante o nosso jantar de noivado —Enrique fala. — Esse Alfa era Kazek, que acho que você não conhece, mas participou da invasão desta semana.

Assinto, encantada com toda essa história.

Fica ainda mais interessante quando ele me conta que Kari também estava naquele avião, porque o amigo de Kazek a sequestrou da festa. Ou melhor, a *salvou*.

— Acabei indo ao Território Nórdico para me encontrar com eles sob o pretexto de procurar minha antiga noiva, mas, na verdade, eu só queria encontrar Kari. — Seus lábios se contorcem em um sorriso. — Acontece que ela não precisava ser resgatada. O Alfa que a levou da festa – Sven – fez isso por mim.

— Como?

— Essa é uma história para eles contarem. Mas agora eles estão acasalados. E ela parece feliz. — Ele pigarreou. — Para encurtar uma história muito longa, Sven queria derrubar Carlos como uma forma de vingar Kari. Eu me ofereci para ajudar. Conseguimos, e aqui estamos nós.

Uau. Não estou apenas surpresa com a história dele, mas também com o fato de que ele acabou de compartilhar todos esses detalhes comigo.

— Você ficou chateado com o fato de sua noiva acasalar com outro Alfa? — pergunto, de certa forma presa a esse ponto de sua história.

Ele estava noivo de outra mulher. Uma Ômega *disfarçada.*

Minha loba rosna, claramente agitada com essa descoberta. Ou talvez, ela apenas sinta meu próprio desconforto com esse conhecimento.

— Não — Enrique murmura. — Nunca me interessei pelo acasalamento. Só aceitei porque suspeitava que Carlos me daria Kari como presente de casamento. Eu queria salvá-la.

Então, tudo isso foi por causa de Kari.

— Você a ama? — É uma pergunta intrusiva, mas eu... não posso deixar de fazê-la. *Ele está com o coração partido porque outro Alfa a salvou e a conquistou?* Meu estômago revira com a ideia e meu coração quase para.

— Como irmã, sim — ele responde. — Eu costumava visitá-la nas masmorras. Isso servia a dois propósitos – convencia Carlos de que eu era o monstro que ele queria que eu fosse e me permitia checar como ela estava. Ele não fazia ideia de que tudo o que eu fazia por ela era ronronar.

Meu interior se agita novamente com a menção de ele ronronar para outra mulher. Outra *Ômega*. Quero que seu ronronar seja para mim e somente para mim. O que não é justo. Esse Alfa não é meu, mesmo que ele seja gentil comigo.

— Você tem um ronronar muito bonito — digo a ele, e minhas bochechas esquentam com a admissão.

Ele sorri.

— Mesmo? — Ele passa os nós dos dedos em minha

bochecha, uma ação que estou começando a amar mais do que qualquer outra coisa neste mundo. — Obrigado, pequeno tesouro. Posso ronronar para você sempre que quiser.

Agora seria incrível, penso, mas não tenho coragem de dizer as palavras. Então, apenas concordo, sentindo meu rosto arder ainda mais, especialmente onde ele acabou de tocar.

— De qualquer forma, essa é uma longa explicação do motivo pelo qual odeio Carlos e como ajudei a matá-lo. — Ele se inclina para trás em sua cadeira, seu corpo grande inclinado em direção ao meu. — Fiz muitas coisas das quais não me orgulho, Caja. Ser general de Carlos era uma questão de sobrevivência, mas isso não desculpa tudo o que fiz, tudo o que tive de fazer.

Um brilho assombroso surge em seus olhos negros, o que os deixa com uma aparência sinistra.

Engulo em seco, um pouco desconfortável com esse brilho. Principalmente porque sempre o vejo refletido no espelho quando olho para mim.

— Entenderei se não quiser ficar perto de mim — ele continua. — Especialmente se eu o lembrar de Bautista. Ele pode não ter sido um dos generais de Carlos, como eu fui, mas gerenciou uma parte da operação, o que nos torna semelhantes nesse aspecto.

Franzo a testa.

— Você não é nada parecido com meu antigo Alfa. — Ele nunca teria falado comigo desse jeito, muito menos olhado para mim.

Enrique me faz sentir... *vista.* Ele faz com que eu me sinta importante. Com que eu me sinta *segura.*

— Você não é nada parecido com ele — repito, olhando fixamente em seus olhos escuros. — Você é...

— *Meu*, uma voz baixa sussurra dentro de mim. É minha loba cantarolando em concordância.

Seu olhar se fixa no meu, sua expressão parece mudar. Mas não de uma forma assustadora. Seu olhar... seu olhar é... *intenso*. Seus lábios são cheios. As maçãs do rosto parecem ter sido feitas de mármore. Seu rosto é incrivelmente bonito. Masculino, porém belo. Quero traçar a mandíbula com o dedo. Lamber a covinha em sua bochecha. Mordiscar seu lábio inferior carnudo.

— Caja — ele sussurra.

— Alfa — respondo, sentindo meu corpo formigar por inteiro. Parece que minhas veias estão pegando fogo e a única maneira de me acalmar é tocando esse homem. Esse Alfa. Esse lobo impressionante.

Eu o alcanço, subitamente encorajada pela necessidade de acariciá-lo. De rastejar em seu colo e *beijá-lo*.

Sua boca se abre, o movimento parece um convite.

Eu me levanto da cadeira, pronta para aceitar, mas caio de volta nela quando um som de batida ecoa na cabine. Enrique se endireita instantaneamente e desvia o olhar para as janelas.

— Que merda é essa? — ele diz quando uma série de alarmes soa de repente ao nosso redor. — Estava claro!

Não sei o que ele quer dizer e não tenho chance de perguntar, porque um raio me faz recuar no assento.

— Puta merda! — ele grita, movendo as mãos pelo painel enquanto começa a lidar com os alarmes. Ou, pelo menos, presumo que seja isso que ele esteja fazendo. Ele pega um fone de ouvido e o coloca na cabeça. — Atenção. Procurem um assento e coloquem o cinto de segurança! — O comando em sua voz é totalmente Alfa, o que faz minha loba choramingar.

Eu me remexo na cadeira, tentando descobrir como operar o cinto. Ele é diferente dos da cabine principal, o que faz com que eu remexa os dedos sem sucesso enquanto tento freneticamente puxar as correias sobre meu corpo.

— Aqui — Enrique diz, seu tom ainda áspero, mas não tão alto.

Seu toque é surpreendentemente gentil quando ele afasta minhas mãos. Ele se inclina e puxa as várias fivelas no lugar, os sons de estalos mal são registrados em meio aos estrondos que sacodem o jato.

— Não tenho ideia de onde veio essa tempestade — ele me diz. — É como se tivesse aparecido magicamente do nada...

Bum!

Levanto as mãos para cobrir os ouvidos e meu corpo treme com as vibrações violentas que balançam o avião.

Enrique pragueja e começa a abrir várias telas mostrando imagens de câmeras infravermelhas. Tento ver o que ele está vendo, mas não entendo. No entanto, percebo que estamos em apuros quando ele paralisa diante do que encontra.

Ele chama em seu fone de ouvido.

— Sven?

Minha audição de lobo é ativada, mas nada além de estática chega aos meus ouvidos.

— Elias? Ander? Kazek? Alguém consegue me ouvir?

Mais estática.

— Puta merda, estamos caindo — ele sussurra, as palavras parecem ser mais para si mesmo do que para mim. — Ativar as cápsulas de fuga — ele diz antes que eu possa comentar e a exigência provoca um arrepio em minha coluna. — *Merda*. — Ele abre seu cinto. — Fique aqui, Caja. Voltarei para buscá-la.

Eu pisco.

— O quê?

Mas ele já estava fora da cabine e gritando ordens para os Ômegas na parte de trás.

— Vocês, peguem a cápsula A — ele diz a uma delas. — Vocês vão para a cápsula B. Não há tempo para eu explicar, então sigam as instruções lá dentro. É tudo automatizado e, pelo que posso dizer, as cápsulas não foram afetadas pela queda do raio.

Queda de raio? repito, outro arrepio percorre minha coluna.

— Sinto muito — ouço Hel dizer. — Eu... eu não sei o que aconteceu...

Franzo a testa. *Por que ela está se desculpando?*

Ela murmura outra coisa que não ouço, porque outro *estrondo* ecoa em meus ouvidos. Eu me arrepio, a audição sensível não está me favorecendo em nada neste momento.

— Você consegue controlar isso? — Enrique pergunta a ela. Sua voz é um estrondo distante que mal consigo entender por causa das reverberações em minha cabeça. No entanto, é evidente que perdi alguma parte importante da conversa deles, pois não faço ideia de porque ele está perguntando isso.

— N-não...

— Então vá para a cápsula A — ele responde. — Não podemos correr o risco de outro raio no jato, e precisamos de você longe das outras para que elas tenham chance de sobreviver.

Arregalo os olhos. *Isso significa que Hel... fez isso? É por isso que ela parecia tão desanimada?* Notei sua pele pálida após a decolagem, mas pensei que talvez fosse apenas o avião ou o medo do desconhecido a incomodando. Seria algo mais?

— Tudo bem — ela concorda quando outra sequência de explosões ensurdecedoras sacode a cabine do piloto.

Tento olhar para trás para ver o que está acontecendo, mas as correias apertam meu peito, impedindo meu movimento. E não tenho a menor ideia de como soltá-las.

Tremores percorrem meu corpo ao perceber que estou *presa*.

Enrique me deixou aqui.

Não. Ele vai voltar. Ele... ele não vai embora sem mim. Não é?

Mas quando uma série de *zumbidos* chega aos meus ouvidos, percebo que todas as cápsulas estão sendo lançadas, e ainda estou aqui. Presa no cinto. Enfrentando uma parede de escuridão salpicada de flashes de luz.

Uma tempestade.

E também há barulhos estridentes ao meu redor.

Alarmes. Telas piscando com pontos de exclamação. Uma voz automatizada fazendo uma contagem regressiva.

Oh, Deuses, vou morrer aqui. Eu vou...

— *Caja.* — O rosnado de Enrique ressoa em minha mente, fazendo com que eu me concentre nesse. Não tenho ideia de quanto tempo se passou, mas ele está com algum tipo de mochila e um par de óculos de proteção na cabeça. — Vamos ter que pular.

Pisco para ele, certa de que o ouvi mal.

Mas quando olho pela janela, percebo que não estamos mais na nuvem de tempestade. O céu está claro novamente, com a lua bem alta no céu. Só que está muito alta. E estamos nos inclinando para baixo.

— O jato vai cair — ele continua. — Aquela tempestade esquisita que a Hel criou destruiu um...

Ele tropeça quando a cabine do piloto balança e as vibrações são quase violentas.

— Temos que ir agora mesmo — ele rosna, mergulhando para frente para soltar as amarras de mim.

Ele me puxa para fora do assento antes que eu tenha a chance de me mover e começa a enrolar mais correias ao meu redor. Mas essas estão conectadas a ele, não à cadeira.

Eu me agarro a seus ombros largos, enquanto o chão treme embaixo de mim, e meus membros tremem de nervosismo.

— Estou com você — ele diz, me levantando do chão. — Prometo que não vou te soltar.

Ele me aconchega em seu peito. Seus braços parecem faixas de aço ao meu redor e sua força é mais segura do que o tecido que ele acabou de passar ao redor do meu corpo.

— Feche os olhos, Caja — ele sussurra em meu ouvido antes que o ar entre na cabine. Enterro a cabeça em seu peito e me agarro a ele, enquanto meu coração bate muito forte.

Então, a sensação de estar caindo me faz gritar de pavor, com o vento gelado batendo em minha pele exposta.

Enrique ronrona, seu ronco é alto e exigente enquanto o ar se agita ao nosso redor. Tento me pressionar ainda mais contra ele, determinada a fazer com que aquela vibração suave me siga até a morte.

Porque não tenho dúvidas de que estou prestes a morrer.

Lobos podem suportar muita coisa, mas acabamos de saltar de um jato. Não há como sobrevivermos a essa queda. Vamos nos despedaçar ao aterrissar. Quebraremos em mil pedaços.

Mas se eu tiver que morrer, pelo menos será assim: nos braços do primeiro Alfa carinhoso que já conheci.

Uma aceitação mórbida. Entretanto, sempre soube que teria uma morte horrível e dolorosa. Só estou feliz por não estar sozinha.

Relaxo em seu abraço, grata por seu poder, sua ternura e os poucos momentos de paz que ele me deu.

— Você é um bom Alfa — digo a ele, sem saber se ele pode ou não me ouvir por causa do vento forte. — Obrigada por me mostrar que vocês podem ser gentis.

Uma visão do que poderia ter sido se forma em minha mente, me proporcionando um destino que eu teria desejado em outra vida. Um destino envolvendo Enrique. Escolhê-lo como meu companheiro. Ser conquistada por ele. Dar à luz seus filhotes.

É um sonho.

Uma fantasia que sei que nunca acontecerá.

Mas é uma visão agradável para me entreter no caminho para a minha...

Seus braços se movem e tudo dá um solavanco, provocando um grito meu quando nossa queda livre se inclina momentaneamente para cima. E, de repente, estamos voando pelo ar, não em queda livre. Pisco contra seu peito, confusa com a sensação estranha, e meu estômago revira em resposta.

— Vai ser uma aterrissagem difícil — Enrique murmura em meu ouvido. — Mas ainda estou com você, tesouro. Só não me solte, está bem?

Não tenho a menor intenção de soltá-lo, então me agarro a ele com mais força e me deleito com seu ronronar. É relaxante. Hipnótico. Quase tranquilo.

Posso ouvir seu coração bater por baixo de tudo, o ritmo constante que eu me esforço para igualar. Sua presença é calmante, sua força é reconfortante.

O fluxo de ar parece se acalmar, talvez porque eu esteja tão concentrada em Enrique que não consigo ouvir mais nada.

Então, um *estrondo* ressoa entre nós dois, seguido por um solavanco de Enrique para a frente em uma corrida.

Eu me assusto, confusa com a mudança brusca de sensação. Em um momento, parecia que eu estava flutuando. E agora... agora está mais uma vez turbulento.

Enrique solta uma série de palavrões, com seu ronronar morrendo sob suas palavras.

— Tenho que te colocar no chão, pequeno tesouro.

Eu me agarro a seus ombros, não querendo deixá-lo, mas ele já está soltando as correias ao meu redor.

— Mas preciso tirar essa coisa de cima de mim, e não posso fazer isso com você em meus braços — ele me diz enquanto tenta desvencilhar meus braços de seu pescoço.

Um gemido me escapa quando ele consegue dominar minha força, e minha loba se enrola dentro de mim, aterrorizada.

Porém, meus pés não tocam o ar; eles tocam algo macio. Algo *granulado*.

Areia, percebo ao olhar para baixo em um piscar de olhos assustado. *O que...?*

Olho em volta, minha mente decifrando lentamente a visão diante de mim.

Ondas suaves.

Areia branca.

Lua quase cheia.

Estrelas.

Sussurros de animais provocam meus ouvidos, fazendo-me virar em direção à vila que parece uma selva atrás de nós. Franzo a testa para os edifícios, todos decorados com ervas daninhas crescidas e outros sinais da vida selvagem.

— Onde estamos? — sussurro, confusa, alarmada e, em parte... aliviada. Porque sobrevivemos. Meu foco se volta para Enrique, onde ele está se desvencilhando de uma série de cordas. *Um paraquedas*, percebo, e alguns dos últimos minutos - ou *horas* - começam a fazer sentido.

Saltamos do jato.

Com um paraquedas.

— Por que não pegamos uma cápsula de fuga? — pergunto logo em seguida.

— Estava com defeito, provavelmente por causa da tempestade de Hel — ele murmura, cortando as últimos as tiras com uma faca antes de arrancar os óculos de proteção. Em seguida, ele aponta para um fogo incandescente à distância. — E acabamos de cair no Território Exilado. Especificamente, na Ilha Venom.

ENRIQUE

Isso é a porra de um pesadelo.

De todos os lugares para um avião cair, tem que ser aqui – na porcaria do Território Exilado. Sei pouco sobre as ilhas dessa área, apenas que toda a espécie sobrenatural envia seus Alfas selvagens e incontroláveis para cá para se governarem.

Senti a barreira ao entrar, o zumbido da eletricidade que impede que os Alfas raivosos escapem dessas ilhas.

Cada uma é diferente, os sobrenaturais escolhem como irão enjaular seus habitantes.

Só posso esperar que a barreira que senti se espalhar pela minha pele permita que Caja e eu saiamos.

Supondo que consigamos encontrar uma maneira de sair dessa ilha esquecida por Deus.

Passo a mão pelo rosto, com as pernas tensionadas pela aterrissagem abrupta. Felizmente, minha genética de lobo já está entrando em ação para me ajudar a me curar.

Fazia muito tempo que eu não usava um

paraquedas. E era para ser apenas eu pulando do jato – depois de colocá-lo em uma rota auto pilotada para a Ilha Venom.

Meu plano original era derrubá-lo como distração para que eu pudesse pousar em segurança no lado oposto da ilha, encontrar a cápsula de fuga de Caja e, em seguida, localizar um lugar para nos escondermos enquanto esperávamos por ajuda.

Mas a cápsula de fuga emperrou, me obrigando a mudar de planos e pular do avião, com Caja nos braços.

O atraso nos colocou muito mais perto do local do acidente do que eu havia previsto.

Caja ainda está olhando ao redor com olhos arregalados, totalmente alheia aos perigos que a aguardam aqui.

Ela é uma Ômega à beira de seu primeiro cio – algo que só comecei a sentir quando o raio caiu – e está presa em uma ilha cheia de Alfas selvagens.

Isso está prestes a dar muito errado, muito rápido.

Verifico o relógio. *Não há sinal.*

É claro.

Estamos isolados aqui.

Nossa única graça salvadora é que Ander logo vai perceber que não chegamos ao Território Nova. Então, com sorte, ele irá ativar o sistema de rastreamento no jato e nas cápsulas e enviará uma equipe de resgate atrás de nós.

Se a equipe dele conseguir atravessar essa barreira, de qualquer forma, penso, franzindo a testa. Os lobos de Ander não conseguirão nos resgatar se essa barricada mágica funcionar como um sistema de entrada de mão única.

Esse lugar foi projetado para manter os habitantes dentro dele – para sempre.

Mas talvez haja um método de saída que eu não conheço.

Nunca fui um Alfa de Território, portanto não sei das nuances desse lugar. Só sei que nunca quis vir para cá.

Bem, é tarde demais para isso. Porque agora estamos aqui, porra. E...

— Precisamos correr — digo a Caja. — Tire as roupas e se transforme. — Porque ela vai precisar de seus dentes e garras.

Seus olhos escuros piscam para longe das chamas distantes e olham para mim.

— Me transformar?

— Sim. Agora, Caja. — Não há tempo para eu ser gentil ou explicar. Ela só precisa fazer o que eu pedir e me deixar guiar.

Eu me agacho para cortar outra tira, liberando a mochila que coloquei no jato. Está cheia de armas de fogo, granadas, sinalizadores e alguns itens essenciais. Todas as cápsulas de fuga deveriam estar abastecidas com itens semelhantes, mas não houve tempo para verificar cada uma delas individualmente. Eu só pude apontar para o sistema de automação da cápsula de fuga e fechá-las lá dentro.

E rezar para que todas aterrissassem em segurança.

Minha intuição se revirava com a ideia de todas as outras Ômegas estarem perdidas entre essas ilhas. Basicamente, eu as transportei de um inferno para outro.

Caja me chamou de bom Alfa enquanto estava no ar.

Ela não faz ideia de como está errada. Acabei de perder oito Ômegas. *Oito*. Essa não é a marca de um bom Alfa.

Eu deveria ter prestado mais atenção, percebido que algo estava acontecendo e ajudado Hel antes que seu poder implodisse.

É verdade que não faço ideia do que eu deveria estar procurando. Ela era uma loba Ulv. Eu nem sabia que eles tinham a capacidade de controlar o clima.

Que merda. Esfrego o rosto novamente e balanço a cabeça. Não há tempo para ficar pensando nisso. Talvez eu não tenha conseguido salvar todas as Ômegas, mas tenho uma que posso proteger. E farei tudo o que estiver ao meu alcance para garantir que ela sobreviva aqui.

Me viro em direção a ela e fico parado ao encontrar sua loba negra sentada na praia, olhando para mim de maneira obediente.

Ela é tão bonita. Tudo o que eu quero fazer é me sentar e acariciar seu focinho macio.

Em vez disso, tudo o que eu digo é:

— Você é linda. — Porque não consigo *não* dizer nada. Ela é *deslumbrante*.

Mas, em vez de tocá-la como eu queria, me ocupo em me abaixar, pegar suas roupas e colocá-las na mochila.

Ela sacode o pelo, depois pisca para mim com expectativa.

— Vamos correr agora — digo a ela. — Quero que

você me siga e faça exatamente o que eu disser quando eu disser, está bem?

Ela assente, e interpreto isso como uma confirmação.

— Boa menina — eu a elogio, depois coloco a mochila nas costas. — Vamos.

Caja trota ao meu lado enquanto eu examino a costa, com meus sentidos em alerta máximo.

A Ilha Venom costumava ser conhecida como Jamaica, mas a antiga praia repleta de resorts foi tomada pela vegetação selvagem. Como muitas outras áreas do mundo, ela ostenta um toque distópico, contando a história de como a vida costumava ser neste mundo e o que a vida neste planeta se tornou.

Sigo com cuidado e alerta, ouvindo e procurando por ameaças. Escolhi propositalmente a Ilha Venom porque ela abriga as criaturas que conheço – companheiros Alfas do X-Clan. Muito melhor do que a vizinha Ilha Outcast, uma paisagem vulcânica repleta de vampiros.

Um arrepio me percorre ao pensar nisso.

Espero que Guðrún não tenha ido parar lá, mas ela estava em uma das últimas cápsulas. Um erro de julgamento de minha parte, mas eu não estava prestando atenção na ordem em que todas escaparam. Eu só queria tirá-las do jato antes que ele caísse.

Não havia como pousá-lo com segurança. Ele ia cair com ou sem nós, e escolhi a segunda opção.

Caja e eu continuamos a descer a praia, com a lua brilhando no alto. Talvez sejam três ou quatro da manhã. Verifico meu relógio e confirmo que já passa das três.

E noto que o símbolo que mostra que estamos desconectados do mundo ainda está piscando na parte superior da tela.

Você sabe que é ruim quando a tecnologia de satélite não funciona em sua localização, penso de maneira sombria.

Afastando o pensamento, me concentro em um grupo denso de árvores à frente. Ele faz fronteira com uma das antigas propriedades do resort, com uma vegetação mais espessa do que as outras. Parece que a praia se afina mais adiante, transformando-se em uma costa rochosa que começa a se curvar em uma enseada.

Faço uma pausa quando chegamos a ela, observando o rápido aumento da elevação. A maior parte da enseada está envolta em penhascos, não na praia, e o terreno é mais montanhoso do que eu esperava por estar tão perto da água.

Mas isso me dá uma ideia. Quanto mais perto da água estivermos, mais fácil será para mascarar o cheiro de Caja. É por isso que tenho me aproximado da costa – caso ela precise mergulhar e lavar seu perfume sedutor.

— Fique aqui por um minuto — digo, correndo entre as árvores para ver se há um bom caminho para a costa rochosa. O que precisamos é de uma caverna. De preferência, uma que seja de difícil acesso e que tenha apenas um ponto de entrada – que eu possa proteger com facilidade.

Demora alguns minutos, mas finalmente localizo um caminho que me permite avaliar melhor a enseada. Eu me empoleiro em uma rocha, procurando algo promissor.

A água banha as pedras, depois volta para o mar, apenas para avançar novamente.

Nada chama minha atenção como um possível esconderijo. No entanto, sei que deve haver alguma coisa.

Eu me sento e observo enquanto conto os minutos em minha cabeça.

Caja não está muito atrás de mim, seu cheiro se espalha pelo ar como um farol. Meu pênis endurece mais e mais a cada inspiração e seu cio se aproxima rapidamente.

Vamos ter que apostar, decido, escolhendo um local escuro à distância que parece ter uma fachada afundada nas rochas. Se não for uma caverna, nós...

Um uivo ao longe faz os pelos de minha nuca se arrepiarem, um som que conheço muito bem.

É um Alfa alertando sua alcateia.

Um Alfa em busca de caça.

Um Alfa que acabou de sentir o cheiro de uma Ômega fértil.

— *Droga.* — Saio correndo da floresta até onde Caja está encolhida perto da água, com o rabo entre as pernas. — Por aqui — digo com urgência.

Ela não hesita e sua loba pula ao meu lado para me seguir pela vegetação rasteira. É literalmente uma selva aqui, o solo rochoso é muito mais duro do que a areia da praia. Mas Caja me segue com facilidade. Sua loba é ágil e pequena, permitindo que ela se mova rapidamente ao meu lado.

Acelero o passo à medida que os uivos ficam mais altos, e meu lobo rosna em resposta.

Nossa, ele está dizendo. *Essa Ômega é nossa.*

E nós não compartilhamos.

— Concentre-se em mim — digo, querendo a atenção total de Caja. — Ignore os uivos.

Provavelmente é mais fácil falar do que fazer. Especialmente para uma Ômega no limite do cio.

Basta um rosnado para fazê-la suplicar e voltar à forma humana. Ela é vulnerável às exigências de um Alfa, mesmo quando não está nesse estado. Acrescente o cio e ela ficará indefesa ao nosso chamado.

Ela rolará de costas e abrirá suas belas pernas, depois implorará por um nó.

Meu nó lateja ao pensar nisso.

É uma necessidade básica. Um impulso para transar. Para reivindicar. Para *procriar.*

É por isso que eu a achei irresistível? me pergunto, depois franzo a testa.

Não.

Ela não é a primeira Ômega que entra no cio perto de mim. Eu vi Kari passar por isso há um ano, ronronei para ela e a forcei a dormir enquanto seu corpo se contorcia em agonia. Nunca tive vontade de transar com ela.

E também participei de minha cota de festas de cio. No entanto, nenhuma Ômega jamais me chamou a atenção como Caja faz. Talvez porque Kari sempre foi meu foco, mas eu teria me desviado se alguém como Caja chamasse minha atenção.

Há algo nela que chama meu lobo, exigindo que eu a persiga.

Se ela estivesse em uma daquelas festas, eu teria tido dificuldade para escolher entre Kari e Caja. Teria desejado escolher as duas por motivos muito diferentes.

Kari, eu só queria salvar.

Caja... Caja, eu quero arrastar de volta para o meu covil. Quero dar o nó nela até que ela não consiga mais andar. Quero cravar meus dentes em sua carne e torná-la *minha*.

Outro uivo desperta um rosnado em meu peito. É possessivo e feroz, e faz com que Caja tropece ao meu lado.

— Merda — murmuro. — Desculpe. É o meu lobo. Ele está se sentindo desafiado.

Porque está sendo.

Por uma ilha cheia de lobos selvagens.

Movo meus pés mais rápido, impulsionado pela necessidade de encontrar um lugar seguro para Caja. Ela corre comigo, mas agora posso sentir sua ansiedade, o cheiro de seu medo. É um afrodisíaco que vai atrair ainda mais predadores.

E isso está deixando minha fera louca de desejo.

Luto contra a vontade de rosnar e exigir que ela mude de posição. Para encostá-la em uma maldita árvore como um selvagem.

O barulho da água batendo contra as rochas é o único som que me mantém no presente, me forçando a avançar enquanto corremos pelo interior da enseada. Estamos em um declive, correndo em direção a mais árvores situadas ao longo da borda de um penhasco.

Não há construções antigas aqui, apenas árvores exuberantes e arbustos irregulares.

Faço uma pausa para dar uma olhada na costa, meu olhar buscando o espaço que notei ao pesquisar a área mais cedo. *Estamos quase lá*, penso, e corro novamente.

Mas os uivos estão altos agora, e os sons espalham arrepios pelos meus braços. *Mais rápido,* digo a mim mesmo. *Puta merda. Mais rápido.*

Caja corre ao meu lado, seu terror aumentando.

Então, paraliso quando um cheiro indesejável atinge meus sentidos. *Alfas.*

Um rosnado aperta meu peito.

— *Corra* — digo a ela, me afastando da costa e abandonando o plano da caverna. Caja me segue, sua loba ofegante.

Não tenho ideia de para onde estamos indo, apenas para longe dos cheiros dos Alfas. Longe dos uivos. Apenas... *longe.*

Pulo sobre um tronco caído e ela faz o mesmo, depois corro em direção ao som de água corrente. É no interior, o que sugere que é um riacho ou cachoeira, mas talvez possa ajudar a esconder o cheiro de Caja.

A quem estou enganando? Seu perfume é como um farol que grita: *me coma!*

Galhos e folhas estalam atrás de nós, confirmando que estamos sendo perseguidos. É claro que os rosnados e uivos já me diziam isso.

A maioria deles está em forma de lobo, o que lhes dá uma vantagem sobre meu corpo humano. Mas não posso disparar uma arma com as patas.

Me agacho debaixo de um galho e paro

bruscamente quando percebo que chegamos a um beco sem saída.

Ou melhor, em outro penhasco.

Na forma de uma cachoeira.

Examino rapidamente a área e minha visão noturna me permite ver cada detalhe.

Não podemos pular, há muitas pedras lá embaixo. Embora pudéssemos sobreviver à queda dessa altura, graças à nossa genética aprimorada, levaríamos um tempo para nos recuperar.

Merda.

Caja se choca contra mim, seu corpo vibrando de nervosismo.

Coloco a mão em sua nuca e inclino a cabeça para o lado, dizendo em silêncio para ela me seguir mais uma vez.

Percorremos a borda do penhasco até encontrarmos o que parece ser um caminho antigo e cheio de mato. Começo a segui-lo, depois penso melhor e sussurro:

— Vá você. Eu te encontro lá embaixo na água.

Seus olhos me dizem que ela não gosta dessa ideia, sua energia está alarmada. Mas, como uma boa loba, ela começa a caminhar enquanto me agacho para abrir a mochila e tirar alguns itens úteis.

A maioria dos lobos luta na forma animal.

Em qualquer outra situação, eu também lutaria.

Mas hoje, o orgulho é irrelevante. A sobrevivência é tudo o que importa. A sobrevivência de *Caja*.

Coloco a mochila de volta nos ombros, me escondo atrás de uma árvore.

E espero que os Alfas saiam para brincar.

CAJA

Um tiro soa durante a noite, o som que reconheço de casa.

Às vezes, as Ômegas escapavam.

Mas era sempre temporário.

Eu me agacho, minhas orelhas de lobo se achatam enquanto tento determinar de onde veio o som. Só para ouvir outro logo em seguida. Depois, um rosnado feroz. E *uivos.*

Muitos. Muitos uivos.

Eu me arrepio.

Onde está Enrique?

As balas não podem matar nossa espécie, apenas nos debilitam momentaneamente. Mas esse estado debilitado pode ser longo o suficiente para alguém cortar uma cabeça e matar permanentemente um metamorfo.

Enrique está ferido?

Faço uma pausa na encosta íngreme para olhar para o local onde nos separamos, com a incerteza revirando meu interior. *Devo... devo voltar? Ele precisa de mim?*

Como eu poderia ajudar?, me pergunto no instante seguinte e meu estômago se revira com a ideia.

Eu... eu tenho garras e dentes... mas nunca lutei com ninguém. E não terei chance contra um Alfa, muito menos contra um bando deles.

Não.

Preciso continuar e fazer o que o Enrique disse. Foi o que ele me disse desde o início – fazer o que ele disser, quando ele disser.

E ele disse para eu descer até a água e me esconder.

Engolindo em seco, continuo a caminhada, com minhas patas cravadas na terra para me equilibrar nesse declive severo. Não é um penhasco, mas é margeado por um.

Minha loba espreita na borda, provocando um tremor profundo em mim. Nunca estive a uma altura como essa e não sou fã.

Outro tiro ecoa e percorre minha coluna. Ou, pelo menos, é o que parece.

Luas, por favor, deixem o Enrique ficar bem.

Forço minha loba a se mover e sinto nossas patas tremerem contra o chão.

Estou quase chegando ao fundo quando ouço uma explosão, me fazendo paralisar.

Os rugidos se sucedem e, em seguida, uma sombra aparece no topo do penhasco. É um lobo enorme com pelo escuro e olhos dourados brilhantes.

Esses olhos se fixam em mim enquanto seus lábios se retraem em um rosnado ameaçador. Eu o ouço com tanta clareza que parece que está ao meu lado. Então, ele inclina a cabeça para trás e uiva.

Oh, Deuses...

Meu interior treme e meu estômago se contrai ainda mais.

Desço o resto do caminho em direção à água, de repente precisando me refrescar. Porque minhas veias estão em chamas. E minha loba... minha loba quer me soltar. Me forçar a voltar à forma humana.

Não, não, não, repito enquanto corro para a lagoa. O frio faz pouco para dissipar o calor que domina minhas terminações nervosas.

É como se um inferno estivesse consumindo todo o meu ser.

Eu rolo, tentando acalmar as chamas crepitantes. Mas elas estão me consumindo por completo.

E os rugidos...

Deuses, os rugidos...

Choramingo. Minha loba desaparece enquanto minha forma humana força sua saída.

Um grito atravessa minha garganta, a dor da mudança me deixa indefesa e inútil na água.

O que está acontecendo comigo?

— Mexa-se! — Enrique rosna. Sua boca está subitamente em meu ouvido enquanto suas mãos agarram meus quadris.

Tento obedecê-lo. Mas eu... não consigo. É demais. Os uivos. Os *rosnados*.

Eu... eu...

Uma vibração me domina enquanto algo quente embala minha cabeça. *Enrique...*

Ele está ronronando.

Ele está aqui.

Ele está vivo.

Mas o mundo está girando. Está se movendo muito rápido. E ainda estou muito quente. Muito... muito sobrecarregada.

O ronronar se intensifica, os braços de Enrique se assemelham a faixas de músculos ao redor do meu tronco.

Ou eu... acho que são os braços dele.

Antes que eu possa realmente determinar a origem das faixas, elas desapareceram. E o ronronar também.

— Voltarei para buscá-la — eu o ouço dizer.

Abro a boca para responder, mas um *estrondo* percorre cada centímetro do meu corpo, tornando impossível falar.

O mundo fica completamente escuro.

Em seguida, lampejos de luar me observam através do teto.

Onde estou?, penso, me virando o máximo que consigo. Não é muito, porque um espasmo me atravessa, fazendo com que eu me enrole em uma bola mais uma vez. *Aiii.*

Lágrimas se formam em meus olhos, diluindo minha visão.

Água, penso, me agarrando a essa palavra. *Há água... embaixo de mim.*

Eu... parece que estou em algum tipo de rocha escorregadia. Passo a mão por ela. A textura fria é um alívio bem-vindo contra as pontas quentes dos meus dedos. Algumas das chamas parecem estar se apagando e meu peito não está mais queimando com um calor indescritível.

Suspiro e meus olhos se fecham enquanto desenho objetos indiscerníveis na rocha.

O tempo passa.

Minutos. Horas. Não tenho certeza.

Estou perdida em um torpor, com meus membros dormentes.

Então, outra pontada me atinge no estômago, provocando um gemido profundo.

Deuses, isso dói!

Cada parte do meu corpo dói, dando nova vida ao fogo dentro de mim.

Um grito se aloja em minha garganta e cubro a boca com a mão. Mordo-a em uma tentativa de conter tudo. Já experimentei a agonia. Sei como me silenciar. Mas, Deuses, isso é diferente de tudo que já vivi.

Rolo da rocha e me debato à medida em que meu corpo é submerso na água fria. Um som borbulhante ecoa em meus ouvidos. Movo os braços loucamente e procuro algo em que me agarrar.

Pedra, penso, e cravo as unhas na superfície para tentar me levantar. Meus joelhos raspam nas bordas mais irregulares debaixo da água, o que me faz sangrar. Mas não me importo, ajoelho na superfície áspera, com a cabeça para fora da água e os braços sobre a pedra da qual acabei de rolar.

Ou presumo que tenha sido de onde caí.

Pisco e um pouco da área aparece ao meu redor. Agora, há mais luz. Não que eu precise dela... minha visão noturna costuma ser muito boa. Mas há fluxos de luz solar vindo do alto, iluminando a caverna ao meu redor.

É... é um pequeno oásis.

Há cachoeiras caindo das paredes, espirrando na lagoa em que estou agora ajoelhada.

Meu interior se aperta de novo, mas não tão violentamente como antes, a água parece proporcionar um alívio temporário.

Eu me arrasto para me sentar, com a água batendo logo acima de meus seios. Não é profunda, pelo menos não onde estou.

Suspeito que seja semelhante em toda essa utopia subterrânea, mas não me sinto confortável o suficiente para explorar. Quem sabe quando essa sensação agonizante vai me atingir novamente? E se for mais profundo em outro lugar, posso me afogar.

Nadar não é um talento que eu domine.

Me movo novamente, me sento e abraço os joelhos. A água me cobre do pescoço para baixo, me proporcionando ainda mais alívio.

Aos poucos, começo a me sentir mais como eu. Mais concentrada. Mais... consciente.

Onde está Enrique? me pergunto, olhando para a luz do dia que entra novamente. Já se passaram horas desde que ele saiu. E não ouvi nada além do rugido em minha cabeça por um tempo.

Agora, tudo o que ouço é o gotejar da água.

É relaxante, mas não tanto quanto o ronronar de Enrique.

Voltarei para buscá-la, ele falou.

Quando? Quero perguntar. *E para onde você foi?*

Engulo em seco.

E se ele não voltar?

Posso ficar muito tempo sem comida e água. Mas... terei que me aventurar eventualmente. *Se eu conseguir encontrar uma saída*, penso, franzindo a testa ao examinar as paredes novamente.

Não vejo uma saída óbvia.

Será que estou presa aqui? Os pelos da minha nuca se arrepiam e me lembro da explosão que ouvi depois que Enrique prometeu voltar para me buscar. Não consigo me lembrar do que se seguiu, os únicos sons são os provocados por minha agonia.

E se ele fechou a caverna de alguma forma?

E se as pedras caíram por acidente?

Foi um desmoronamento?

Mordo o lábio inferior mais uma vez, com o coração acelerado.

Entrar em pânico não vai ajudar, mas ficar sentada aqui nesta lagoa também não.

Me levanto e dou um passo, querendo explorar, mas as chamas me dominam mais uma vez. Um grito me escapa quando meus joelhos cedem, e o refúgio aquático me envolve instantaneamente.

Eu me arrepio e mais lágrimas descem pelo meu rosto.

O que há de errado comigo? Me sinto tão fraca. Tão desamparada. Tão... tão... *quente.*

Arregalo os olhos.

Calor.

Deuses, sou tão ingênua.

Estou entrando no cio.

Meu Alfa interrompeu os supressores no início deste mês com a expectativa de me entregar a Alfa Carlos. Ele queria que meu cio fosse *explosivo*.

E agora... agora está finalmente acontecendo.

Em uma caverna.

Em uma ilha no meio do nada.

Cheia de Alfas rosnando e uivando.

Encolho as pernas e pressiono a testa nos joelhos à medida que minha respiração se espalha pela água.

Percebo que *vou morrer aqui*.

Porque não há como escapar de meu destino.

Quando meu cio chegar, será uma confusão sem sentido.

E aqueles Alfas... aqueles Alfas vão me dar o nó até a morte.

A menos que Enrique volte para me buscar.

Se ele ainda estiver vivo...

ENRIQUE

Estou coberto de sangue e de restos da morte.

Mas duro como a porcaria de um tijolo.

Deuses, estou a mais de um quilômetro de distância de Caja e ainda sinto seu cheiro. É como se ela tivesse marcado meu lobo, apesar de não ter sido reivindicada.

Tudo o que quero é correr e transar com ela por horas. Mas preciso terminar de reunir suprimentos.

Passei a maior parte das primeiras horas defendendo os desafiantes Alfa. Vários estão presos em um buraco que criei com explosivos. Cortar as cabeças ia demorar muito, então criei uma solução temporária para mantê-los presos.

Uma bala no cérebro manteve um Alfa no chão por algumas horas, permitindo que eu arrastasse os corpos de volta para a cratera e os deixasse dentro dela. Eles acabarão encontrando a saída, mas, até lá, estarei preso na caverna com Caja.

Ou, pelo menos, esse é o plano.

Daí a necessidade de suprimentos.

Comida.

Água.

Abrigo.

Os hotéis antigos foram muito úteis para o meu propósito, pois os suprimentos eram surpreendentemente abundantes. Infelizmente, os humanos morreram rapidamente na maioria das ilhas, pois a incapacidade de escapar do vírus os exterminava em semanas em vez de meses ou anos, como em outras áreas do mundo.

A Islândia era uma anomalia, assim como outras ilhas nórdicas com fortes populações sobrenaturais.

Mas os lobos não gostavam do calor do Caribe e os vampiros não suportavam a luz do sol.

Criaturas como os dragões eram as que prosperavam aqui, mas tendiam a viver em locais mais remotos do oceano. Não tenho ideia se ainda estão nessa área ou não.

Termino de encher uma mochila – que encontrei em um armário – com uma frigideira velha, fósforos e uma toalha, depois a coloco nas costas junto com a outra. Em seguida, me inclino para pegar a rede com várias frutas e legumes que colhi. Também queria pescar, mas não encontrei nenhuma vara.

Então, acho que isso significa que viveremos em uma dieta vegana por alguns dias.

Pelo menos, isso irá ajudar Caja a superar o cio.

Estou na metade do corredor de mármore coberto de musgo quando um cheiro inesperado invade meus sentidos e o reconheço quase que imediatamente.

Paralisado, giro ligeiramente para a esquerda.

— Francesca? — murmuro, me perguntando se estou ficando louco.

Porque isso é impossível.

Mas *conheço* aquele aroma cítrico de limão, com uma sutil doçura de morango.

— Oi, garotão — ela murmura, sua voz inconfundível. — Faz tempo que não nos vemos.

Eu me viro lentamente, meio convencido de que estou tendo alucinações.

Porque Francesca está morta.

Ou deveria estar.

— Como isso é possível? — pergunto, observando sua forma alta e esguia. Os cachos escuros estão presos em um coque e os olhos castanho-claros estão alertas como sempre. — Você está morta.

Ela bufa.

— Todos nessa porcaria de ilha não estão?

Eu pisco.

— Não estou entendendo. — Tenho quase certeza de que estou vivo. *A menos que... a menos que...*

Franzo a testa. *Não. Definitivamente, estou vivo.*

Porque ainda sinto o cheiro da Caja. Seu perfume sedutor está chamando meu pau, me dizendo que estou muito, *muito* vivo.

— Sua expressão é impagável — Francesca diz, caminhando em minha direção. — Provavelmente se parece com a minha hoje de manhã, quando encontrei aquele poço de Alfas que você criou. Não é uma boa maneira de fazer amigos na ilha, Riq. Infelizmente, acho que você não vai encontrar muitos lobos amigáveis por aqui.

Estreito os olhos, não gostando da ameaça sutil que está por trás de suas palavras.

— Inclusive você?

Ela me considera, o olhar astuto como sempre.

— Depende do motivo pelo qual Carlos te mandou para cá. Você finalmente se comportou mal? Perturbou o delicado equilíbrio de poder que ele tem em mente?

Eu a encaro.

— Carlos está morto.

Ela ergue as sobrancelhas escuras.

— Ah? Desde quando?

— Desde o início desta semana. — Lentamente, coloco a rede de volta no chão e as mochilas escorregam dos meus ombros. — Os alfas do Território Andorra e do Território Inverno o eliminaram.

— E mandaram você para cá? — ela pergunta com uma expressão de diversão perversa nos lábios.

— Não. — Cruzo os braços. Sua hostilidade crescente dispara sinais de alerta em minha cabeça. — O que está acontecendo, Fran? — Costumávamos ser amigos... na verdade, mais do que isso às vezes, mas definitivamente não estou sentindo vibrações amigáveis vindas dela agora.

Além disso, já faz mais de uma década desde a última vez que a vi.

Durante todos esses anos, pensei que ela estivesse morta. *Será que ela realmente esteve aqui o tempo todo?*

— Me diga você, Riq — ela rebate, estreitando os olhos. — Por que você está aqui?

— Por acaso você viu o jato que caiu ontem à

noite? — pergunto, não querendo dar a ela nenhum outro detalhe. Especialmente porque não estamos sozinhos.

Percebi mais dois aromas se aproximando, ambos familiares, mas não consigo identificar as identidades.

— Sim. Parecia um equipamento sofisticado — ela diz. — Não imagino que o dono vá ficar muito satisfeito.

— Não, duvido que ele fique. — Especialmente porque estava transportando nove preciosas Ômegas, que agora estão todas espalhadas pelo Território Exilado.

— E quem é ele, exatamente? — uma voz masculina pergunta, atraindo meu olhar para um dos donos do cheiro familiar que senti.

Philippe.

Que merda.

É como se eu estivesse me encontrando com fantasmas do passado.

— Carlos? — ele insiste.

— Acabei de dizer que Carlos está morto — digo, ciente de que ele me ouviu dizer isso a Francesca.

— E você espera que acreditemos? — uma terceira pessoa pergunta, o tom masculino faz meu lobo rosnar.

Xavier.

Ele tentou matar Carlos há trinta anos. Perdeu. *Morreu.*

No entanto, seus olhos azuis brilham com desafio quando ele passa pela entrada do hotel e se junta a todos nós no corredor principal.

O que está acontecendo aqui?

Estou cercado por três Alfas supostamente mortos.

Todos estão me encarando atentamente, os olhares vibrantes parecem ver através de mim.

Esses três não são como todos os Alfas que enfrentei da noite para o dia. Eles são inteligentes. Completamente coerentes. E muito prontos para aceitar um desafio.

Isso não é bom. Nada bom mesmo.

Caja está lá fora – sozinha – e prestes a entrar no cio.

Não tenho tempo para falar das queixas do passado.

Mas aqui estamos nós.

— Ele parece surpreso em nos ver — Francesca comenta, estreitando os olhos em suspeita.

— E estou — digo entre dentes. — O que você esperava? Pensei que todos vocês estivessem mortos. — Olho de relance para o Xavier. — Eu vi você morrer. — Meu foco se volta para Philippe. — E eu não vejo você há mais de cinquenta anos. Onde foi que você esteve?

— Aqui, obviamente — ele diz, com seu olhar castanho me observando. — É para onde Carlos envia todos que se opõem a ele.

— Mas eles nunca chegaram por meio de um foguete antes — Xavier acrescenta, com um tom de suspeita.

— É um jato — eu o corrijo. — Do Território Andorra.

Uma sobrancelha negra se ergue.

— Do Território Andorra? — ele repete.

Descruzo os braços.

— Se você procurar os restos, tenho certeza de que encontrará algo que confirme de onde ele veio.

Ele não diz nada, apenas continua a me estudar.

— Por que você cheira como uma Ômega? — Francesca pergunta, tendo se aproximado de mim sem que eu percebesse. Ela está a apenas alguns metros de distância agora, sua forma ágil é mais parecida com a de um gato do que com a de um lobo.

Philippe dá um passo à frente, torcendo o nariz.

— É o mesmo cheiro que senti na praia.

— Também é igual ao que estava no jato. Mas não era o único cheiro lá — Xavier diz, dando um passo à frente. — É melhor você começar a falar, Enrique.

— Ou o quê? — desafio, meu lobo rosnando.

Xavier pode ser um Alfa impressionante, que quase superou Carlos, mas eu cresci desde a última vez que nos vimos. Sou forte. E não vou me deixar abater facilmente.

Especialmente com Caja na balança.

— Há mais de trinta Alfas do Território Bariloche nesta ilha — Francesca interrompe, sua frase surpreendente faz com que meus olhos se arregalem enquanto volto minha atenção para ela.

— *O quê*? — Eu a encaro. — Como isso é possível?

— Muitos Alfas se opuseram a ele — Philippe diz, parecendo entediado. — Mas o senhor nunca se enquadrou nessa categoria, *General*.

Eu bufo.

— Você também era um general. — Pelo menos, até se apaixonar por uma Ômega e tentar conquistá-la.

Ele semicerra os olhos.

— Por que ele o mandou para cá?

— Talvez ele tenha mordido uma das Ômegas —

Francesca sugere. — Isso explicaria por que ele cheira como uma.

— Deixe que ele responda — Xavier interrompe. Sua postura se amplia enquanto seus braços cruzados se flexionam sobre o peito.

Ele é um Alfa grande.

Maior do que eu.

Mas sua exibição de músculos não me intimida.

— Diga-nos por que você está aqui — ele diz, reiterando a pergunta de Philippe. Mas a versão de Xavier está cheia de exigência inquestionável.

Não há como eu vencer os três juntos, não se eles decidirem me atacar.

Talvez eu consiga fugir deles.

Mas não poderei voltar para Caja. E ela precisa de mim.

Deuses, ela está no limite do cio. Estou surpreso que esses três não consigam sentir o cheiro. Talvez esteja apenas enraizado em meu nariz, a presença dela reivindicando minha alma antes mesmo de eu ter a chance de mordê-la.

Porque ela é minha, penso e fecho os olhos enquanto inspiro profundamente.

Quando os abro novamente, Francesca está a apenas trinta centímetros de distância, seus olhos quase no mesmo nível dos meus devido à sua altura impressionante.

— Apenas responda à pergunta, Riq. — Ela insere uma nota suave em seu tom, algo que só a ouvi usar no quarto. É sedutor.

E não provoca nada em mim.

— O Território Bariloche não existe mais — digo a todos eles. — Os Alfas do Território Andorra, do Território de Inverno e do Território Nórdico queimaram tudo. Carlos morreu. E eu ajudei.

Xavier arqueia uma sobrancelha escura.

— Ajudou como?

— Forneci detalhes do protocolo de segurança e matei vários de seus generais. Depois, vi Sven Mickelson enfiar uma bala no cérebro de Carlos. E, mais tarde, eu o vi remover sua cabeça. — No entanto, ele não a queimou. Ele a colocou em uma caixa e disse que era um presente para Kari.

Flexiono a mandíbula e minha necessidade de chegar a Caja aumenta a cada segundo que passa.

— Isso não nos diz por que você está aqui — Xavier insiste, com um tom de voz rouco.

— Parte do desmantelamento da operação envolveu a transferência de todas as Ômegas para outros Territórios — rosno de volta para ele. — Eu estava pilotando um jato cheio de Ômegas, e uma delas – uma loba Ulv – perdeu o controle de suas habilidades e criou uma tempestade de raios que atingiu uma parte do jato. Todas pularam para as cápsulas de fuga e eu fiz o pouso forçado aqui.

Os três trocaram olhares.

— Vocês podem acreditar em mim ou não — continuo. — Mas escolhi a Ilha Venom porque ela está cheia de Alfas do X-Clan. Não porque eu sabia que algum de vocês estava aqui. Achei que seria melhor enfrentar seres selvagens de minha própria espécie do que outros sobrenaturais.

Francesca dá um passo para trás, com a atenção voltada para Xavier.

— Ele me parece sincero. E, acredite, sei quando ele mente.

Eu resmungo.

— Nunca menti para você, Fran. — Ela já foi uma das minhas melhores amigas.

Seus lábios se curvam.

— Exatamente.

Reviro os olhos.

— Você está mais esquisita que nunca.

— Sentiu minha falta, não foi? — ela provoca.

— Não — digo, mentindo de propósito.

Seu sorriso se alarga.

— *Isso* é uma mentira. — Ela olha para Xavier novamente. — Ele me ama.

Xavier não parece achar tanta graça quanto Francesca.

E Philippe... sua expressão é dura.

— Quem eram as Ômegas que estavam no seu jato? — ele me pergunta, sem que o tom de voz seja mais acentuado. Ele está mais decidido agora. Sério. E muito nervoso.

— Eram Ômegas de várias origens — digo. — Todas foram adicionadas recentemente ao Território Bariloche. Jovens. Vindas depois de sua época. — Porque suspeito que ele só está perguntando por um motivo: localizar a Ômega que ele desejava há muito tempo.

Será que ele acasalou com ela?, me pergunto e minhas narinas se dilatam. *Ele não cheira a acasalamento.*

Exceto...

Inspiro novamente. Há uma sugestão subjacente de maçã alterando seu aroma picante, que quase não percebi. Mas fica mais forte a cada inspiração.

Ele acasalou com ela, percebo. *Ele acasalou com uma das Ômegas de Carlos.*

— Para onde foram as outras Ômegas? — ele pergunta, seu lobo brilhando em suas íris.

— Como você está lúcido? — pergunto, passando meu olhar por ele. — Meu irmão está perdido na ferocidade agora, graças a Carlos. Mas você... — *Você está bem,* quase digo em voz alta.

Só que Philippe não está.

Posso ver isso em seus olhos, a forma como sua fera o está atacando por dentro.

— Merda — suspiro, passando a mão no rosto.

— *Onde* estão as outras? — ele exige, com a voz mais profunda agora, mais grave.

— Philippe — Xavier avisa, seu domínio sublinhando o nome do outro Alfa.

— Andorra — digo a Philippe, ignorando Xavier. — Todas as Ômegas feridas estão em Andorra, onde uma médica Ômega está administrando o tratamento.

Philippe está praticamente vibrando.

— Não minta para mim.

— Não estou mentindo — garanto. — Andorra tem muita tecnologia avançada. Eu vi com meus próprios olhos. Eles curaram a Kari depois do que o Carlos fez com ela. E estão ajudando outras Ômegas agora mesmo. Se você procurar em sua alma, lá no fundo, sentirá a verdade. — Porque a ligação dele com a Ômegas deve confirmar tudo o que estou dizendo.

— Quem é Kari? — Xavier pergunta.

— A filha de Carlos — Philippe diz entre dentes. — Ela era um criança quando fui embora.

— Muita coisa aconteceu desde então — murmuro, passando os dedos pelo cabelo. — Joseph acasalou com Savi.

Philippe me olha fixamente.

— Ele não está aqui.

— Eu sei. Carlos o manteve em uma masmorra com todos os outros. — Olho de relance para Xavier e Francesca. — Bem, pensei que todos estavam lá.

Mas mais de trinta Alfas estão aqui?, penso, me lembrando do que Fran disse. *Quais Alfas? Algum outro tem companheira?*

Estou prestes a perguntar quando um uivo angustiante chega aos meus ouvidos e a fonte dele atinge meu coração.

Droga.

É Caja.

E ela está em apuros.

CAJA

Ele não vai voltar.

Pare com isso, penso, tentando afastar essa voz negativa da minha cabeça. Mas ela não para de sussurrar coisas cruéis.

Enrique está morto.

Ele te deixou aqui.

Você vai morrer sozinha.

Enterro o rosto nos joelhos e meus olhos ardem com lágrimas não derramadas. Odeio essa voz. *Odeio*. Porque ela me faz lembrar de quando eu estava em casa. De volta ao meu Alfa, quando ele se esquecia de mim por dias. Ele me deixava no porão. Me privava de comida e água.

Enrique não é Bautista.

Sei disso.

Tenho certeza.

Mas eu... não sei se ele está vivo.

— Voltarei para te buscar — ele prometeu.

Ele não diria isso se não estivesse falando sério. No entanto, isso não significa que ele possa voltar.

Oh, Deuses...

Passo os dedos pelo cabelo, puxando os fios.

A água ao meu redor começou a ficar mais quente e meu corpo parece exalar calor. Ou talvez seja a luz do sol que está aquecendo a lagoa.

Por favor, me mantenha fria, eu imploro. *Por favor, não me deixe queimar.*

Minhas preces ficam sem resposta quando uma onda de lava quente me fere da cabeça aos pés, fazendo meu corpo tremer violentamente. Eu me contenho em um grito, mas meu interior se agita com uma energia estranha.

Deuses...

Isso queima.

Eu... eu não posso...

Cravo os dentes na mão, determinada a não emitir nenhum som, mas é demais, é... *consome tudo.*

E estou sozinha.

Enrique não está aqui.

Ele não vai voltar, aquela voz maligna sussurra.

— Cala a boca! — grito para ela. — Cale a boca! Cala a boca! Cale a boca! — A última palavra me deixa em um grito agonizante, que ecoa nas paredes da caverna.

Agarro meu cabelo novamente, mal percebendo que minha mão está sangrando. Eu realmente me mordi. *Com força.* Mas mal consigo sentir.

O inferno que está explodindo dentro de mim é muito mais poderoso.

Muito *profundo*.

Meus membros tremem, meu estômago se agita mais uma vez.

Eu. Preciso.

Mas não entendo do que preciso. Apenas *dói*.

Aperto as coxas e um gemido escapa de meus lábios.

Deuses, está quente. Formigando. Tão... tão... *úmido*. E isso não tem nada a ver com a água da lagoa.

Eu me arrepio e baixo a mão para me tocar onde o calor é mais intenso. Eu gemo com o contato. Meu pequeno feixe de nervos praticamente pulsa sob o toque.

Eu nunca faço isso.

Sempre me disseram para não fazer, que eu não podia me acariciar.

Mas não consigo evitar. Eu *preciso* disso.

Preciso de Enrique.

Meu Alfa.

Meu... meu *companheiro*.

Ele não é meu companheiro. Ele não me mordeu.

Mas não me importo! Eu o quero agora mesmo. Minha loba está praticamente exigindo sua presença. Ela força minhas mandíbulas a se abrirem, e um uivo gutural escapa da minha garganta.

É tão alto. Tão aterrorizante. Tão *necessitado*.

Por favor, imploro a Enrique com meus pensamentos. *Por favor, volte.*

Outro uivo me deixa, este cheio de agonia enquanto caio de lado na água.

Deuses, estou péssima.

Eu... não posso... não posso ficar aqui.

Nado e me arrasto de volta para a rocha, com as mãos escorregadias, tornando quase impossível sair dela. Mas, de alguma forma, consigo e meu corpo queima no mesmo instante.

Eu me enrolo em uma bola, cada centímetro do meu corpo envolto em chamas.

Enrique... Enrique... Alfa... Por favor...

Os gritos se espalham pelo ar, os sons se misturam com gemidos.

E seguidos por *rosnados*.

Eu fico paralisada.

Esses grunhidos não pertencem a Enrique. Eles... eles pertencem... a outros Alfas.

Oh, Deuses...

Posso ouvi-los vindo para mim. Uivando. *Rondando.*

Posso sentir o cheiro da curiosidade deles, dos traços masculinos, do *domínio deles*.

Aperto as coxas. *Não, não... eu quero... eu quero o Enrique...*

Mas mal consigo imaginar seu rosto agora, todos os meus instintos exigem satisfação. Um nó. *Um alfa.*

Não, sussurro. *Não!*

Mais uivos.

Rosnados intensos.

Gemidos silenciosos.

Uma parte de mim sabe que preciso ficar quieta, me esconder. Mas dói tanto me *mexer*.

Voltar para a água, penso, tonta. *Afogar meu cheiro.*

Dói me mexer, rolar, mas eu... eu... *Deuses...*

Um respingo de água fresca me faz ficar imóvel mais

uma vez. *Será que eles estão me ouvindo?*, me pergunto, submergindo na água. É um alívio temporário, que me garante uma sanidade momentânea para voltar à superfície.

Não vai durar muito.

Posso sentir os Alfas vindo atrás de mim.

Ouço os uivos de reivindicação.

Eles vão me despedaçar, percebo, e encolho as pernas como fiz antes. *Deuses, Enrique... Se você estiver vivo... por favor... por favor, volte para mim...*

Fecho os olhos, determinada a vê-lo em minha mente. A imaginar seu rosto perfeito.

Tivemos apenas alguns minutos juntos, mas foram suficientes.

Eles têm que ser suficientes.

Inclino a cabeça e respiro, me concentrando nele e em seu cheiro à medida que ouço os machos lá fora.

Eles estão procurando. Caçando. Mas ainda não chegaram até mim.

É apenas uma questão de tempo.

Cubro a boca com a mão, me recusando a gritar, me recusando a ceder à vontade de uivar. Tenho que ser forte. Preciso esperar.

Ele está vindo atrás de mim, digo a mim mesma. *Ele está... ele está vivo... e está vindo me buscar. Apenas seja forte... aguente firme... e não faça nenhum som.*

ENRIQUE

— Deve ser a Ômega que está causando todos esses problemas — Francesca comenta, farejando. — Fazia muito tempo que eu não sentia o cheiro de algo tão doce.

— Quem é ela? — Xavier questiona, ignorando o comentário de Francesca, com o olhar fixo em mim.

— *Minha* — digo, pronto para derrubá-lo se for preciso.

Ele inspira e curva os lábios em desafio.

— Não é bem assim, Enrique. Você ainda não a reivindicou.

Solto um rosnado baixo e profundo.

— Ela é *minha*. — E eu o despedaçarei se for preciso. — Agora, saia.

Porque ele está bloqueando meu caminho.

Caramba, os três estão bloqueando meu caminho.

Francesca na frente. Xavier, de um lado. Philippe do outro.

Eu poderia dar a volta por trás, mas o corredor leva mais fundo no hotel e eu quero *sair*.

Caja grita novamente, fazendo meu sangue gelar.

Dou um passo à frente, mas sou empurrado por Francesca.

— Quem é ela? — ela exige.

— A filha de Bautista —rosno para ela. — Ela não tem nem vinte anos. Você não a conhece.

— E ela te escolheu? — Xavier pergunta, seu tom exalando incredulidade. — Ou Carlos escolheu para ela?

Eu rosno novamente.

— Ele está morto. E sim, ela me escolheu. Ela está me chamando agora mesmo! — Posso sentir isso em minha alma, em meu lobo morrendo de vontade de ir até ela. Para ajudá-la. Para *protegê-la*.

Deuses, ela está muito longe.

E esses idiotas não se mexem!

— Prove — Francesca me desafia. — Prove tudo isso.

— Como quer que eu faça isso? — E é melhor que ela não sugira que eu a leve para Caja. Ninguém vai se aproximar dela além de mim.

No entanto, outro uivo me deixa preocupado que alguém já a tenha encontrado. Porque não pertence a Caja, mas a outro lobo.

Usei uma granada para criar um desmoronamento perto de uma entrada da caverna onde a deixei. As rochas desmoronadas bloquearam o caminho para a localização dela lá dentro. Meu plano era cavar uma entrada depois de voltar, o que outra pessoa poderia fazer se soubesse onde procurar.

Só de pensar nisso, dou mais um passo, só para ser empurrado de volta.

— Ligue para o Território Andorra — Fran me diz.

Olho boquiaberto para ela.

— *O quê?* Como você quer que eu faça isso?

Ela aponta para o meu relógio.

— Com isso.

Eu o levanto para ela ver.

— Não há sinal.

Ela sorri.

— Sim, mas posso resolver isso. — Ela olha para Xavier. — Ligue-o.

— Não respondo a você, Fran.

Ela revira os olhos.

— Apenas faça isso, X. Se Riq estiver dizendo a verdade... — Ela deixa a frase no ar e os dois se envolvem em uma batalha de vontades.

Tudo isso enquanto o uivo cresce ao longe.

Definitivamente, uivos de macho alfa.

— Não tenho tempo para isso — rosno, passando por Francesca – algo fácil de fazer dessa vez, já que a atenção dela está em Xavier.

Mas ela agarra meu braço, com as garras cravadas na minha pele.

— Não faça isso — ela me avisa quando Philippe entra em meu caminho.

— Caja precisa de mim — digo com a voz calma. — Estou indo.

— Faça a ligação — Xavier diz atrás de mim.

Eu me viro na direção dele.

— Pela última vez, eu...

Ele me agarra pelo pescoço e me empurra contra a parede, seu peso me prendendo enquanto repete lentamente:

— *Faça a ligação.*

Eu o empurro, com meu lobo ansiando por uma briga. Meu punho voa em um arco em direção à mandíbula dele no momento em que meu pulso começa a tremer, fazendo com que eu vacile no meio do soco.

Os nós dos dedos ainda fazem contato, mas não com tanta força quanto eu pretendia, e recuo a mão para olhar o relógio.

Xavier vem em minha direção, mas Fran o acerta com um soco antes que ele consiga fazer a conexão. Philippe dá um passo à frente, como se estivesse prestes a substituir Xavier, mas paralisa quando uma tela aparece no ar diante de mim.

— Onde é que você está? — Ander exige antes que eu possa falar. — Estou tentando falar com você há horas.

Sim e, de alguma forma, a ligação dele acabou de entrar.

Provavelmente por causa do que quer que Xavier *tenha ligado.*

— Ilha Venom — murmuro, um pouco surpreso por ele ainda não saber disso. Seu jato deveria ter fornecido minhas coordenadas.

— Ilha Venom? — ele repete, incrédulo. — Por que você está na Ilha Venom?

Solto um suspiro e meu lobo anda dentro de mim

com a necessidade de chegar a Caja. Mas não posso fazer isso se esses idiotas não me deixarem ir.

Então, darei a *prova que* eles querem.

Mas, para fazer isso, preciso responder à pergunta de Ander.

— A Hel teve algum tipo de episódio mágico durante o voo e criou uma tempestade esquisita.

Ele me olha fixamente pela tela, sem dizer nada.

— As Ômegas seguiram nas cápsulas de fuga — acrescento. — Eu... não sei onde nenhuma delas está, exceto Caja.

— A Caja está com você? — ele pergunta depois de um tempo.

— Está... — falo. — Ela está na ilha.

Ele franze a testa.

— Não gosto de como isso soa, Enrique.

— Acredite em mim quando digo que eu também não — rosno, estremecendo ao ouvi-la uivar ao longe. — Você pode rastrear as cápsulas de fuga para ver onde elas aterrissaram?

Sua mandíbula flexiona diante da tela.

— Não. Tudo ficou escuro quando vocês entraram no Território Exilado. Não sei se foi a tempestade que você mencionou ou algo com as barreiras da ilha, mas perdemos de vista tudo e todos há várias horas.

— Droga — murmuro, sentindo o coração bater forte no peito. Eu estava confiando na tecnologia sofisticada de Ander para poder salvar as outras. Mas se ele não consegue nem mesmo rastreá-las...

— Também só temos jurisdição na Ilha Venom — ele continua. — Portanto, se elas aterrissassem em qualquer outro lugar, o que parece que aconteceu, precisaríamos de ajuda externa. Mas sem coordenadas...

— Você não tem ideia de por onde começar — Xavier interrompe ao se aproximar de mim, com os nós dos dedos roçando o sangue do lábio machucado.

Ander arregala os olhos ao reconhecer suas feições.

— Xavier?

O Alfa em questão ergue o queixo.

— Já faz muito tempo, Cain.

— Não me diga. O que está acontecendo aí?

— Muita coisa — Xavier lhe diz.

Ander o observa, franzindo a testa.

— As coisas parecem um pouco difíceis, Xavier.

Ele sorri, com a língua tocando a ferida que criei antes de responder:

— Enrique estava apenas fazendo um teste para uma posição na hierarquia da Ilha Venom.

Eu grunho.

— Não quero esse cargo.

— Que pena, Riq, você tem um soco e tanto — Francesca murmura. Ela se aproxima e fica ao lado de Xavier. — Acho que você tem a sua prova, X. Deixe o Riq ir para a Ômega dele.

Xavier estreita os olhos.

— Ainda não terminamos de conversar.

Um coro de uivos pontua sua declaração, fazendo com que minha mandíbula se contraia.

— Não me importa se você terminou ou não — digo a Xavier, tiro o relógio e o entrego a ele. — Converse o tempo que quiser. Tenho uma Ômega para caçar.

— Enrique — Ander me chama enquanto eu atravesso o grupo para pegar minhas mochilas. — Elias já está a caminho.

— Ótimo — digo. — Estou ansioso para vê-lo.— *Supondo que eu sobreviva ao que quer que esteja me esperando perto da caverna de Caja.*

— Como ele vai atravessar a barreira? — Xavier pergunta.

Mal estou ouvindo quando Ander diz:

— Acho que você e eu temos muito o que conversar, Xavier.

— Também acho — ele responde. — A começar pelas Ômegas que você supostamente resgatou, porque eu tenho um monte de Alfas nesta ilha com companheiras desaparecidas.

Passo por ele enquanto Ander assente.

Francesca se aproxima de mim, anunciando:

— Vou com o Riq. Te encontro na base em uma hora, X.

— Não preciso que você venha comigo. — Tampouco quero que ela me acompanhe.

— Ah, sim, você precisa — ela diz. — Está ouvindo esses uivos? São dos renegados. E você vai precisar de ajuda para acabar com eles.

Começo a correr assim que chego à porta.

— Eu me saí muito bem ontem à noite.

— Sim, com os vira-latas imprestáveis do turno da noite — ela diz. — Aqueles idiotas se assustam com as próprias sombras. Os renegados são muito espertos. Eles são selvagens. Mortais. E muito difíceis de matar.

Lanço um olhar para ela.

— E devo acreditar que você vai me ajudar?

Ela dá de ombros.

— Que outra escolha você tem?

— Talvez eu te jogue naquele buraco com os *vira-latas* — eu digo.

Ela sorri.

— Tente e eu o levarei comigo, Riq.

Balanço a cabeça e saio correndo em direção ao local onde Caja está escondida.

Francesca tem razão – não tenho outra escolha a não ser deixá-la me seguir. Mas isso não significa que vou contar com a ajuda dela. Já faz muito tempo desde a última vez que a vi. E não sou ingênuo a ponto de confiar nela, com ou sem história.

Mas fico feliz que Xavier e Philippe estejam distraídos com Ander. Quanto menos Alfas eu tiver que lidar, melhor.

Meus sentidos se aguçam à medida que corremos. Meu lobo está atento à Caja. Ela não tem gritado recentemente, seu último uivo foi há dez ou quinze minutos, no máximo.

Muito tempo, eu acho. *Já faz muito tempo.*

Não gosto do fato de ela estar em silêncio.

Também não gosto dos uivos masculinos que ficam mais altos a cada passo.

Eles encontraram Caja. A questão é: eles a alcançaram?

Um uivo triunfante ecoa à luz do dia. O som é uma resposta sinistra à minha pergunta.

Corro mais rápido, com a pulsação batendo em meus ouvidos. *Se eu não chegar a tempo, vou acabar com todo mundo nessa porcaria de ilha,* juro. *Incluindo Xavier, Philippe e Francesca.*

— Há alguma razão para não estarmos nos transformando? — Fran pergunta enquanto acompanha o ritmo atrás de mim.

Eu a ignoro.

Ela descobrirá em breve.

Não diminuo a velocidade até nos aproximarmos da cachoeira. Fica a cerca de cem metros à frente e está repleta de lobos rosnando.

Não penso. Me ajoelho e deixo as mochilas no chão.

— Finalmente — Francesca murmura enquanto tira a camisa e começa a abrir a calça.

Então, ela paralisa quando tiro duas armas da mochila.

— Puta merda.

— É por isso que eu não me transformei — digo a ela, e abro fogo contra os renegados perto da cachoeira.

Atingi três deles bem na cabeça antes que percebessem o que estava acontecendo. Em seguida, dois se escondem debaixo da água e outros quatro sobem a ladeira íngreme.

Abato os quatro em poucos segundos, depois verifico minha munição.

Entre as travessuras da noite passada e essa nova situação, estou ficando sem balas. E só tenho mais um carregador na bolsa.

Coloco-o no bolso, pego duas facas e vou em direção à cachoeira para lidar com os outros lobos.

— Por que você nos deixou te encurralar se tinha tudo isso? — Francesca sibila.

— Eu não diria que deixei vocês três fazerem alguma coisa — murmuro para ela. — E à queima-roupa, vocês teriam me detido antes que eu tivesse a chance de pegar a arma da mochila. Isso também teria revelado minha vantagem.

Um lobo rosna do topo da cachoeira, atraindo meu foco para cima. Miro, puxo o gatilho e vejo seu corpo cair do penhasco.

— Nossa, me esqueci de como você é bom de mira — ela diz, soando um pouco ofegante.

— Ainda acha que eu precisava de ajuda? — pergunto enquanto caminhamos em direção à cachoeira e à caverna atrás dela.

— E mais arrogante que nunca — ela reflete.

— Não é arrogância, é determinação. — Encosto na parede perto da água e meus sentidos procuram os renegados do outro lado da cachoeira.

Mas um grito agudo me distrai de tudo e de todos os outros.

Minha Ômega.

Corro em direção ao som, com o coração na garganta.

Se eles a tocarem... se derem o nó nela... se a pegarem... Nunca vou me perdoar.

— Riq! — Francesca grita, mas estou muito concentrado em Caja para ouvi-la.

Estou correndo. *Correndo.* Focado exclusivamente. *Um único objetivo.*

Dentes afiados prendem meu pescoço e garras me levam ao chão, fazendo meu mundo virar de cabeça para baixo.

Um rosnado vibra em meu peito, mas minha traqueia é esmagada por mandíbulas pesadas.

A arma em minha mão quase escorrega, mas a memória muscular se encaixa quando aponto e puxo o gatilho.

A fera uiva, soltando meu pescoço, e rapidamente coloco uma bala em sua cabeça. Um segundo renegado se aproxima. Meus movimentos são lentos, mas consigo atirar em seu ombro.

Em seguida, um grande lobo negro o derruba no chão. *Francesca.* Seus dentes se prendem à garganta dele e a arrancam em um só puxão.

No instante seguinte, ela faz o mesmo com um lobo cinza furioso. Um salto, uma única mordida, e seu pescoço é torcido em um ângulo estranho.

Ainda bem que não foi ela que me pegou desprevenido, penso, tonto, com a garganta ainda ferida.

Não consigo respirar.

Mas consigo ouvir minha Ômega chorar por mim.

Ela está por perto.

Muito perto.

— Enrique — ela está dizendo, com a voz embargada por um soluço. — Você voltou...

É claro que voltei, penso para ela. *Você é minha.*

Tento encontrá-la com o olhar, mas tudo ao meu redor fica em tons de preto.

Droga. Estou perdendo a consciência.

Será temporário. Vou me curar. Só espero que... seja... rápido o suficiente.

CAJA

Um grande lobo negro me encara através dos escombros, com a cabeça inclinada para o lado.

O lobo cinza que estava cavando nas rochas desapareceu. Ele estava quase terminando o buraco, que era grande o suficiente para eu passar por ele.

Mas não me mexo.

Porque aquele grande lobo preto ainda está me estudando.

Ele tem um cheiro diferente dos outros. Menos hostil.

Franzo a testa. *Fêmea.*

Nunca conheci uma fêmea alfa, mas tenho quase certeza de que essa loba é.

Ela confirma isso ao se transformar de volta para sua forma humana, com a pele da mesma cor da pelagem de loba.

— Caja? — ela pergunta.

Engulo em seco.

— Quem é você? — Minha voz sai rouca.

— Francesca — ela diz. — Uma velha amiga do Enrique.

Pisco para ela. *Ela conhece o Enrique?*

Posso vê-lo logo depois dela, com os olhos fechados e a garganta coberta de sangue. *Ele está bem?*, me pergunto, e depois choramingo quando meu estômago se aperta de desconforto.

Tudo ainda está queimando.

O terror me dominou por alguns minutos quando aquele lobo cinza quase conseguiu passar, ajudando a permitir que a sanidade se instalasse. Mas ela está me escapando novamente.

Deuses...

— Enrique — murmuro. Ele é a minha âncora. Meu alfa. Minha... minha *escolha*. Ele tem sido tão gentil comigo.

E ele voltou.

Mas não está mais consciente.

— Caja — Francesca repete meu nome. — Você pode sair daí? Não podemos ficar aqui.

Pisco para ela e balanço a cabeça. Não vou sair desta lagoa. Não até que Enrique esteja... esteja... não até que ele me diga para fazê-lo.

— Por favor? — ela insiste. — Enrique vai acordar a qualquer momento, mas ele vai precisar de você pronta para correr. Você pode se transformar?

Balanço a cabeça. Não há como deixar minha loba sair agora. Não nesse estado. Não quando tudo está tão *quente.*

Assim que eu sair da água, pegarei fogo novamente.

— Está... tudo bem — ouço o Enrique falar, com a voz rouca. — Fran... não vai machucá-la, tesouro.

Eu me animo com o apelido que ele me deu e minha loba praticamente suspira por dentro.

— Ele estará como novo em um minuto — Francesca acrescenta. — Ele só cometeu o erro de se esquecer de como ser um lobo.

Enrique faz um som estrangulado que acho que pode ser um grunhido.

Não tenho certeza de onde ele encontrou essa Alfa ou o quanto eles se conhecem. Mas Francesca parece gostar muito dele. Um pouco demais.

Minha loba resmunga, sentindo uma possível competição.

Isso não me agrada.

Não gosto nem um pouco.

— Você acabou de rosnar para mim, lobinha? — Francesca pergunta, parecendo achar graça.

Estreito os olhos, não gostando nem um pouco de seu tom condescendente.

— Você rosnou — ela diz com uma risada. — Que bonitinho.

Eu rosno. *Não é nada bonitinho.*

Ela ri de novo.

— Calma, lobinha. Eu tenho um cadeado, não um nó.

— Acho que não é por isso que ela está rosnando — uma nova voz vinda de perto fala. — Você é uma competição, portanto, um tipo diferente de ameaça.

Francesca bufa.

— Confie em mim, não há concorrência. O Enrique está apaixonado por essa aqui. Ele atravessou a cachoeira sem nem verificar se havia ameaças em potencial, tudo porque ouviu o grito dela. Eu estava muito impressionada com suas habilidades... até aquele momento.

Um rosto aparece no buraco. O dono é do sexo masculino e muito parecido com um Alfa.

— Oi, querida — ele me diz, fazendo com que eu me afaste dele. — Não se preocupe, Ômega. Estou feliz com meu acasalamento. Só vim aqui para dar uma carona a todos vocês.

— X te mandou? — Francesca pergunta. — Eu disse a ele que o encontraríamos no complexo em uma hora.

O Alfa dá de ombros.

— Ele disse que talvez vocês precisassem de uma carona de volta para o complexo.

Francesca sorri.

— Ele está sempre se preocupando comigo.

— É o trabalho dele — o macho fala.

— É o que ele diz — ela responde, se levantando. — A propósito, Enrique, este é o Hawk. Ele é do Território Cusco. Hawk, a beldade tímida ali é a Caja.

Eu me arrepio quando ele olha para mim novamente e seus olhos parecem mudar de cor a cada movimento. Ou talvez seja a luz bruxuleante do ambiente.

Outro tremor me percorre enquanto meu estômago se aperta com uma nova onda de calor. Engulo um gemido e fecho os olhos.

Ouço Hawk dizer alguma coisa, mas as palavras se perdem em meio ao rugido em meus ouvidos.

Encosto a testa nos joelhos quando o sabor do sangue atinge meus sentidos. *Mordi meu lábio.* No entanto, não sinto nem mesmo a dor residual. Tudo o que sinto é o inferno crescente dentro de mim. A... a *necessidade* intensa que me arranha por dentro.

— Caja. — O domínio de Enrique me envolve em uma carícia quente, o comando em sua voz exigindo minha atenção.

Eu me inclino em sua direção e abro os olhos para encontrar os dele.

Mas ele está atrás daquela parede de pedras.

— Rasteje até mim, pequeno tesouro — ele ronrona. — Rasteje até mim e eu lhe darei o que você precisa.

Minha loba choraminga.

Ele está nos provocando. Nos fazendo trabalhar por seu afeto.

É um alfa malvado.

Mas um rosnado me faz ansiar por obedecer.

Deuses, estou em chamas novamente. Preciso dele. Eu o quero. *Anseio por* ele.

Rastejarei para qualquer lugar que ele exigir, desde que ele me toque.

Devo ter dito isso em voz alta, porque ele responde:

— Me mostre, Caja. Me mostre como você é boa.

Suas palavras inspiram o desejo de agradá-lo. De *conquistá-lo.*

Ele quer que eu mostre o quanto posso ser boa? Oh, eu vou mostrar. Farei com que ele me deseje tanto quanto eu o desejo. Farei com que ele perca a cabeça como estou perdendo a minha.

As pedras arranham minhas mãos quando saio da água, mas mal sinto a ardência. Meus joelhos são os próximos. O chão raspa minha pele.

No entanto, tudo em que consigo me concentrar é no olhar sombrio de Enrique. Ele está me observando como um predador observa sua presa. Como se quisesse me devorar.

Estremeço, gostando da maneira como ele está me encarando.

Seu lobo está muito presente. Eu o vejo à espreita em seus olhos, me observando com inegável interesse.

Companheiro, meu animal interior parece ofegar. *Companheiro ideal.*

Francesca diz algo, sua voz feminina é uma interrupção indesejável que me faz rosnar.

Juro que ela ri de novo.

Mas Enrique sequer a reconhece. Seu olhar está concentrado apenas em mim. Eu me envaideço, satisfeita com sua atenção, e abro caminho pela pequena abertura na parede na tentativa de alcançá-lo.

Ele rosna quando consigo. Suas mãos encontram instantaneamente meus quadris e me puxam para junto de seu corpo.

— Você é tão linda, Caja — ele me diz. — E tão minha.

Meu corpo estremece em resposta à sua afirmação vocal. Mas eu preciso de mais. Muito. Muito. Mais.

— Você não pode dar o nó nela aqui — a mulher diz, fazendo com que eu queira arrancar seus olhos. Ela não tem nada a ver com essa discussão. Não tem nada a ver com isso. Este é *o meu* Alfa, não o dela, e demonstro isso cravando meus dentes em seu pescoço.

Só depois percebo que ele está coberto de sangue.

Seu sangue.

Porque sua garganta...

Oh, Deuses. Me lembro de ter visto aquele lobo atacá-lo. Eu não conseguia ver muito através do pequeno buraco, mas a essência de Enrique estava em todo o seu pescoço e camisa.

Meus olhos se enchem de lágrimas.

Ele estava ferido.

E agora eu o *mordi.*

O que há de errado comigo?, me pergunto, estremecendo contra ele.

— Eu... eu... — Uma pontada percorre a parte inferior do meu corpo antes que eu possa formular o pedido de desculpas que pretendia expressar. Em vez disso, um gemido me escapa, algo que Enrique silencia com sua boca na minha.

Ele está me beijando, penso. *Oh, luas, ele está me* beijando.

E pela primeira vez, no que parece ser uma vida inteira, consigo respirar.

Envolvo os braços em seu pescoço e me agarro a ele à medida que o homem explora minha boca com a língua.

Ele está rosnando. Ronronando. *Vibrando.*

Todo macho alfa.

Todo meu.

Seus braços fortes me envolvem, me prendendo enquanto essas vibrações ecoam em nós dois.

Mas é a boca de Enrique que realmente me cativa. Sua língua. Seus lábios. Seus *dentes*. Ele está me beijando até a alma.

Deuses, nunca experimentei nada parecido. Nem sabia que era algo que eu queria.

Já vi Alfas beijarem Ômegas antes, mas nunca assim. Enrique é carinhoso. Generoso. *Sensual*.

Os Alfas do meu passado *tomavam*. Este Alfa *dá*.

As outras Ômegas sempre pareciam sem vida quando meu Alfa as beijava, como se fossem bonecas, não lobas.

Mas este Alfa – Enrique – me faz sentir viva. Selvagem. *Feral*.

Eu quero mais.

Eu *o* quero.

E digo isso a ele, apertando as pernas em torno de seus quadris.

Não tenho ideia de quando ele me levantou ou como me vi enrolada nele, mas não me importo. Tudo o que importa é seu toque. Sua boca. *Sua língua habilidosa*.

Seu ronronar se intensifica quando ele afasta os lábios dos meus para dar uma série de beijos na minha bochecha até a orelha.

— Você está sendo uma menina tão boa para mim — ele sussurra. — Apenas aguente um pouco mais, certo?

Pisco, confusa com o que ele quer dizer.

Então, meus olhos se arregalam com a mudança de cenário.

Não estamos mais na caverna.

As vibrações que senti... devem ter sido causadas

pelo fato de ele ter me levado para fora da caverna. Porque estamos do lado de fora e a cachoeira não está em lugar nenhum.

Como?

Minha garganta se contrai enquanto tento descobrir onde estamos e o que estamos fazendo.

— A que distância fica o complexo? — ele pergunta, com a boca ainda perto do meu ouvido.

Franzo a testa. *Que complexo?*

— Quinze minutos — um homem responde. *Hawk,* eu me lembro.

— Você precisa marcá-la antes de chegarmos — a fêmea acrescenta, me fazendo rosnar por dentro. — Caso contrário, vai iniciar um tumulto entre os Alfas não acasalados. Podemos ser mais civilizados do nosso lado da ilha, mas sua Ômega é um sinalizador do caos neste momento.

Meu rosnado ressoa no peito. *Vou lhe mostrar o caos,* penso, pronta para desafiar a fêmea. Como ela ousa falar com meu macho? Meu Alfa. *Meu companheiro.*

— Shh — Enrique me acalma com um beijo no pulso. — Você é a única que eu quero, tesouro.

Eu me esfrego contra ele, fazendo com que suas mãos se apertem em meus quadris.

— Se continuar fazendo isso, vou dar o nó em você no banco de trás deste carro — ele me diz.

Carro?, penso, e fecho os olhos novamente. Eu os abro mais uma vez e vejo o enorme veículo ao nosso lado. É um quatro por quatro como os que meus irmãos costumavam dirigir no campo. Só de vê-lo, sinto um arrepio.

Mas esse calafrio é rapidamente substituído pelo calor quando Enrique sobe no banco de trás, me segurando, e envolve minha lombar com um braço.

Tanta força, penso, suspirando por dentro. *Um alfa ideal.*

Ele se senta comigo no colo e me solta. Eu gemo com a perda, mas depois me inclino firmemente em seu toque e ele segura minha bochecha.

— Preciso mordê-la, Caja.

Não há palavras necessárias. Nenhuma forma de aceitação que eu pudesse pronunciar. Simplesmente arqueio o pescoço e ofereço cada centímetro de mim para que ele pegue.

Sou dele.

Sou dele desde que ele me tirou daquela jaula.

Minha loba reconheceu seu companheiro. Eu também o reconheci.

E agora... agora ele vai aceitar esse vínculo. Confirmá-lo. *Solidificá-lo.*

O veículo começa a funcionar, mas eu o ignoro. Meu foco está totalmente voltado para o Alfa abaixo de mim.

— Deuses, não posso acreditar que você está prestes a ser minha — ele diz, com um toque de admiração na voz. — Não te mereço, pequeno tesouro, mas vou passar o resto de nossa existência garantindo que sou bom o suficiente para você.

Ele se inclina para frente e sua boca encontra meu pescoço. Depois, desce até meus seios, fazendo com que meus mamilos endureçam em expectativa.

Sim, penso. *Oh, sim...*

Tudo está tão sensível.

Quero sua boca em mim. Seu nó dentro de mim. Seus dentes...

Grito quando ele morde logo acima da aréola do meu seio direito. Seu desejo é ardente, avassalador e *incrível.*

Meu sangue vibra e minha loba suspira com a plenitude que toca nossa alma. *Reivindicada. Possuída. Protegida.*

Este Alfa é nosso.

Este Alfa nos escolheu.

Este Alfa *me* deseja.

Posso sentir seu nó pulsar debaixo do zíper da calça jeans, seu corpo preparado e pronto para tomar o meu. A noção disso me aterroriza e me excita ao mesmo tempo.

Já vi Alfas se masturbando.

Sei como eles podem ser perigosos.

Mas confio que esse Alfa não vai me machucar.

Sua boca encontra a minha e meu sangue tem um gosto persistente em sua língua. Eu o sugo e depois o beijo com intensidade. Não tenho ideia se estou fazendo isso direito. Nem mesmo me importo. Ele é *meu*. Ele vai me ensinar se achar que preciso ser ensinada. Ele me fará sua em todos os sentidos.

Sua mão sai do meu rosto e vai para a minha nuca enquanto aprofunda o beijo. Eu me pressiono com mais firmeza contra ele, precisando de mais. *Exigindo.* A outra mão passa entre nós, me fazendo estremecer com aquela estranha mistura de excitação e medo.

Mas, em vez de se libertar da calça jeans, ele me aperta entre as coxas.

Eu me sobressalto quando seu dedo me penetra. A sensação é tão estranha, mas tão *boa*, que não consigo conter o gemido.

Alguém parague atrás de mim. Eu ignoro, concentrada demais em meu Alfa para me preocupar com qualquer outra coisa ou pessoa.

Meu ponto sensível pulsa em sua mão e eu grito. Não é o suficiente. Mas a sensação é tão, tão *boa*.

— Puta merda, tesouro — Enrique murmura na minha boca. — Você está me matando.

Não tenho certeza do que ele quer dizer, e ele não me dá a chance de perguntar, porque está me beijando novamente, apertando minha nuca.

Eu me arqueio em seu toque, buscando mais. Buscando-o. Buscando *a felicidade*.

É instintivo, meu corpo parece saber como se mover e minha loba conduz os desejos. Não entendo o que estou buscando, o que meu animal deseja. Mas estou me movendo. Perseguindo a sensação. Estou sentindo-a crescer.

Deuses, o que quer que seja, é intenso.

Está bem ali.

Muito, muito perto.

Enrique deve sentir também, porque seus movimentos mudam, um segundo dedo desliza para dentro de mim e se junta ao primeiro.

Eu ofego. Seu toque me faz sentir tão *cheia*, mas nem de longe o suficiente.

Ele mordisca meu lábio inferior, depois lambe e faz uma trilha de beijos o caminho até minha orelha.

— Vou te dar o nó por dias quando estivermos sozinhos — ele me diz. — Encher você com meu sêmen. Te tomar de todas as maneiras possíveis.

Deuses, isso soa como uma ameaça e uma promessa ao mesmo tempo.

Eu sei o que ele está dizendo – que vai me marcar. Sei, por ter observado outras, que isso vai doer. Mas, neste momento, não me importo. Quero que ele me domine, exatamente como disse. Eu o quero dentro de mim. Me preenchendo até o fim.

Um gemido me escapa e a mulher da frente diz alguma coisa. Não consigo entendê-la, mas Enrique responde com um murmúrio. Então, sua mão cobre minha boca.

— Concentre-se em mim, tesouro — ele murmura. — Concentre-se em meu toque. Minha boca. Meus *dentes*.

Não tenho certeza do que ele quer dizer até senti-lo mordiscar meu pulso.

Então, ele crava os dentes, me reivindicando novamente, e meu mundo desmorona. Detona. Estilhaça. Faz com que eu me contorça e grite em seu colo.

Mas sua mão abafa os sons.

Cada parte de mim queima, treme e a sensação de euforia parece rasgar todo o meu ser.

Um orgasmo, percebo. *Minha primeira vez...*

Achei que tinha experimentado a felicidade quando

finalmente me toquei na água, mas isso... isso é muito mais. É insanidade. Puro êxtase.

E me deixa tremendo em cima de Enrique, meu corpo implorando por mais.

Mais do que, eu não sei.

Dele. Seu nó. Sua *semente*.

Deuses, tudo isso é estranho, mas incrivelmente intrínseco.

Quero acasalar com ele. Quero reproduzir com ele. *Que* ele fique comigo durante o *cio*.

— Por favor — imploro contra sua mão.

— Em breve — ele promete e seus dedos me levam ao frenesi mais uma vez.

Ele acrescentou outro dedo. Não sei quando isso aconteceu, mas eu o sinto lá embaixo, me esticando, me completando, me *provocando*.

Alcanço o clímax novamente, curvando as costas enquanto ele mantém a mão firmemente sobre minha boca. É enlouquecedor. É rapsódico. É *cegante*.

Tudo fica escuro. Depois, claro. E escuro de novo.

Eu me sinto mole. Esgotada, mas ainda bem tensa. É a mais bizarra das combinações.

Então começamos a nos mover.

Será que desmaiei? me pergunto, confusa quando abro os olhos mais uma vez. Estamos do lado de fora novamente. Depois, dentro. Cercados por estruturas metálicas. *Um prédio*.

E, de repente, dentro de uma caixa de aço.

Ela se move para cima, fazendo meu estômago se contrair.

Então uma voz masculina explica algo sobre códigos.

Enrique responde, mas suas palavras são um borrão em minha cabeça.

Estou morrendo? Pergunto a mim mesma, com os cílios tremulando. *Drogada?*

Não.

É o meu cio.

Eu... não consigo me concentrar.

Sei que Enrique está me carregando. Eu o sinto. Sinto seu cheiro. *Eu o reconheço.*

Mas há tantos aromas estranhos em meu nariz agora. Roupa de cama. Comida. *Isso é café?*

De repente, uma nuvem envolve meu ser, e Enrique está pairando sobre mim. Seus olhos escuros me lembram uma noite sem estrelas.

— Ainda está comigo, tesoro? — ele pergunta, me fazendo sorrir.

— Gosto desse nome — digo a ele, grogue. Minha voz soa distante aos meus ouvidos.

Ele também sorri.

— Eu também gosto. É apropriado. Porque você é realmente um tesouro, Caja. *Meu* tesouro. E estou prestes a adorar cada centímetro do seu corpo.

ENRIQUE

Caja se assemelha a uma deusa encostada na cama, com os cabelos escuros espalhados pelos lençóis de cetim.

Quando Xavier mencionou um complexo, imaginei um lugar com cercas de arame e interior decadente. Eu não poderia estar mais errado. Este lugar é mais parecido com o Território Andorra, com todos os revestimentos metálicos e janelas de vidro. Tem até uma cúpula.

— Ajuda a manter os renegados e os sem noção do lado de fora — Francesca explicou quando entramos, há dez minutos. — E nos ajuda a manter o clima interno.

— Como? — perguntei, a palavra englobando uma infinidade de perguntas: como isso é possível? Como vocês estão controlando o clima? Como vocês têm uma cúpula? Como você tem todos esses suprimentos?

— Os dragões não são apenas excelentes comerciantes, mas também são excepcionalmente engenhosos. — Foi a resposta dela. Seguida de: — E os vários hotéis também deixaram muitos materiais úteis para trás.

Não houve tempo para pedir esclarecimentos. Mas eu pretendia questionar tudo isso mais tarde.

Depois de ajudar minha Ômega.

Ela desmaiou após uma série de orgasmos intensos e sua cabeça caiu em meu ombro.

Eu a carreguei para dentro de um prédio – um que Francesca explicou que normalmente era usado para abrigar os visitantes metamorfos de dragão – e agora eu tenho Caja exatamente onde eu a quero.

Nua.

Carente.

E esparramada na cama.

Seus lábios inchados se entreabrem quando beijo sua mandíbula e depois desço por seu pescoço até os seios. Vejo a marca que fiz e meu lobo ronrona de prazer por dentro.

Minha fêmea.

Minha Ômega.

Minha.

Tudo aconteceu tão rápido, mas parece que já faz mais de um século.

Estive sozinho por tanto tempo, satisfazendo minhas necessidades por meio de abraços sem sentido com fêmeas Alfa e algumas Ômegas dispostas.

Agora, tudo isso parece ser um passado distante.

Caja é o meu presente. Meu futuro. Minha *vida*.

Não consigo acreditar que ela é minha, que essa linda criatura me desejou tanto quanto eu a desejei. Não sou digno de seu apreço. Mas vou me certificar de que irei corresponder às suas expectativas, exatamente como eu disse a ela que faria.

E começarei fazendo-a gozar novamente com a língua.

Ela geme quando sugo seu mamilo e arqueia o corpo para fora da cama. Eu a empurro de volta para baixo, me acomodando entre suas coxas, com os cotovelos apoiados em cada lado de seu abdômen e continuo chupando seus seios.

Seus dedos se entrelaçam em meus cabelos e seus gemidos vibram em minha boca.

Palavras ininteligíveis saem de seus lábios carnudos. O tom ofegante excita minha fera.

Eu fiz isso. Fiz com que ela ofegasse. Agora vou fazê-la gritar de verdade.

Eu a silenciei antes, porque estávamos nos aproximando do complexo. Mas Francesca fez questão de me dizer que esses quartos são à prova de som e seguros. Digitei o código por dentro, garantindo que ninguém possa entrar sem permissão.

Isso é bom, porque se alguém nos incomodar agora, vou matar.

Não me importo nem mesmo se somos convidados aqui.

Minha Ômega precisa do meu nó e vou dá-lo a ela. *Com força*. Sem restrições. Repetidamente.

Ela estremece e seu aperto em meu cabelo se intensifica quando troco de seio.

Quando mordisco o pico rígido, ela grita e depois geme, enquanto seu corpo vibra de *desejo*. Então, faço de novo, dessa vez com força suficiente para tirar sangue.

Porque quero marcá-la em todos os lugares. Para garantir que minha reivindicação seja *clara*.

É uma necessidade masculina.

Um desejo selvagem.

Mas eu o aceito.

Ela praticamente se contorce embaixo de mim, minha lobinha desfrutando da minha versão de prazer e dor. Toda vez que eu a mordisco, ela estremece. Depois, ela geme quando a lambo. Grita quando a chupo. Grita por mais quando começo tudo de novo.

Quando chego ao doce ápice entre suas coxas, ela não para de murmurar súplicas cheias de desejo.

Lambo a entrada deliciosa, deslizo a língua entre os lábios escorregadios e saboreio cada centímetro de sua boceta encharcada.

É a porra do paraíso.

E eu digo isso, com meu lobo bem presente na voz ao pronunciar cada palavra.

— Vou te lamber por horas — aviso. — Te comer por *dias*.

Porque não há como me fartar.

— Você tem um gosto tão bom, Caja. — Se a inocência tivesse um sabor, seria esse. Baunilha e creme com um toque defumado residual.

O tipo defumado inspirado por um cio.

— Deuses, tesoro — gemo contra seu clitóris. — É como se você tivesse sido feita para mim.

E talvez ela tenha sido.

Talvez eu tenha sido feito para ela.

Não sei, nem me importo.

Sugo seu clitóris e sorrio quando ela alcança o clímax novamente. Seu corpo está tão preparado e pronto, que não é mais preciso muito para levá-la ao êxtase.

— Muito boa, Caja — eu a elogio. — Você é muito boa. — E quero recompensá-la.

É por isso que continuo a lambê-la.

Chupando.

Mordiscando.

Levando-a ao limite repetidas vezes enquanto meus dedos fazem sua mágica dentro dela.

Esticando-a.

Garantindo que ela possa me suportar.

Porque não quero que isso a machuque. Quero que ela se sinta bem. Que aceite meu nó com um prazer que nunca acaba.

Quando estou satisfeito com seu estado de êxtase, ela já está praticamente inconsciente devido ao prazer intenso que corre em suas veias. No entanto, seus olhos ganham vida quando me arrasto sobre ela e tiro a camisa.

Ela se aproxima de mim, mas eu afasto sua mão.

— Você pode me tocar depois que eu te der o nó — digo a ela. — Caso contrário, vou gozar em sua mão, e isso não vai funcionar para nenhum de nós.

Estou quase tão excitado quanto ela, meu pau está tão duro que tenho de me esforçar para não me machucar acidentalmente enquanto abro o zíper da calça.

O tecido está coberto de sangue.

Assim como eu.

Mas Caja não parece notar ou se importar. Então, eu também não me importo.

Só quero estar dentro dela.

Penetrá-la.

Transar com ela.

Ela geme quando saio da cama para terminar de tirar a roupa. Rosno em resposta, deixando-a ainda mais molhada, enquanto a lembro de que sou eu quem manda aqui. Sou seu Alfa. E como seu Alfa, vou cuidar dela.

Quando me ajoelho na cama novamente, ela me olha com olhos de cor obsidiana. Eu vejo sua loba. Vejo Caja. Vejo *tudo*.

E, da mesma forma, ela me vê.

Meu comprimento pronunciado.

Meu nó latejante.

Meus músculos tensos.

Ela me absorve por inteiro, depois umedece os lábios e abre as pernas em um convite.

Sei que esta é sua primeira vez, seu primeiro cio, mas meu tesouro tem um talento natural para a cama. Ela sabe exatamente como me seduzir.

Ou talvez seja apenas ela.

Meu pequeno tesouro.

— Deuses, mal posso esperar para estar dentro de você — digo a ela enquanto me arrasto sobre seu corpo deitado. — Vai doer, tesouro, mas só por um momento. Depois, vou fazer você se sentir tão bem que vai esquecer seu próprio nome.

Ela me olha fixamente e seu olhar cheio de

confiança faz meu coração sentir que está prestes a explodir.

Essa fêmea abraçou totalmente o nosso acasalamento, confiando em sua loba por inteiro para guiá-la. E há algo nisso que é tão cativante, que não posso deixar de fazer uma pausa e admirar sua força interior.

Encosto os lábios nos dela, elogiando-a com um beijo silencioso.

Muito bem, mi tesoro, penso para ela. *Você é muito boa.*

Ela não pode me ouvir. Nossos vínculos não funcionam dessa forma. Mas sei que ela pode sentir minhas emoções, pode sentir o orgulho explodir dentro de mim toda vez que olho para ela. Minha admiração. Minha *devoção*.

E posso sentir que ela retribui cada emoção da mesma forma.

Ela confia em mim. Confia *nisso*. E é o presente mais precioso que não posso deixar de agradecer com minha língua.

Caja crava as unhas em meus ombros, enquanto eu a beijo com mais intensidade. Então, ela fica imóvel quando meu membro roça sua entrada. Não consigo imaginar o quanto devo parecer grande para ela, com a cabeça volumosa quase do tamanho de seu punho.

Mas seu corpo foi feito para isso. *Para mim.*

— Você vai ficar bem — eu digo a ela, pressionando sua entrada apertada. — Apenas se segure, tesouro. Agarre-se a mim e grite.

Suas garras arrancam sangue enquanto eu avanço, forçando-a a me aceitar.

Eu poderia ir devagar, mas isso prolongaria a agonia.

Dessa forma, permitirá que ela aceite a dor de uma só vez, que sinta minha circunferência enquanto a penetro.

Ela libera seu sofrimento contra minha boca, seu grito me rasga e me faz ficar imóvel dentro dela, enquanto lhe permito alguns minutos para apenas respirar.

Ainda não entrei completamente.

Mas estou perto.

Lágrimas marejam seus lindos olhos e suas bochechas estão vermelhas de esforço.

— Shh — eu a acalmo, passando meus lábios pelos dela. — Está tudo bem. Você está bem.

Ela choraminga em resposta e o som mexe com meu coração.

— Sinto muito, tesouro — murmuro. — Sei que está doendo.

Ela treme e fecha os olhos.

Mas, ao mesmo tempo, seu interior se fecha ao meu redor.

Ela paralisa.

Depois faz isso de novo... sua boceta me agarra e quase arranca um rosnado do meu peito.

Porque, puta merda, isso é bom.

Ela já está tão apertada, que estou lutando para não explodir.

Mas agora, ela massageia a cabeça com seus músculos internos, me levando muito mais perto do limite.

Me inclino para massagear meu nó, minha base não está totalmente dentro dela. A sensação da minha mão deixa meus músculos tensos, mas permite que eu evite o calor que se acumula em minhas veias.

Faz muito tempo que não sinto o doce calor de uma Ômega.

E é a primeira vez que abraço *minha companheira.*

Estou fervendo por dentro, pronto para explodir só com esse conhecimento.

Essa sensação só desvanece quando ela se aperta intimamente ao meu redor novamente, seu corpo pequeno torturando o meu.

— *Caja* — gemo, com a testa encostada em seu pescoço. — Deuses, me digam que eu posso me mexer. Por favor, me diga para me mexer. — Porque eu preciso transar com ela. Para mostrar a ela o quanto seu corpo pode suportar. Para levar nós dois ao ápice.

Ela ergue os quadris, aceitando mais de mim dentro dela. Toco seu clitóris, fazendo-a estremecer. Em seguida, ela move a metade inferior do corpo novamente e geme quando minha mão entra em contato com seu ponto sensível mais uma vez.

Solto o nó e levo o polegar até seu clitóris, acariciando-o, enquanto ela recebe ainda mais de mim no doce paraíso entre suas coxas.

— Caramba, é tão bom estar dentro de você — elogio. — Tão bom, Caja.

Não vou conseguir me controlar por muito mais tempo.

Porque ela está me matando aqui.

Seu corpo começa a se mover mais, deslizando no

meu pau, me levando o mais fundo que pode de sua posição embaixo de mim.

Quando ela começa a gemer, deslizo um pouco para frente e rosno quando os lábios de sua boceta tocam o topo do meu nó.

— *Tesoro*. Diga para eu me mexer. Diga para eu me mexer.

Ela agarra meus ombros com ainda mais força enquanto envolve as pernas em volta dos meus quadris.

— Me tome, Alfa — ela diz com a voz nítida e seus olhos ainda mais claros.

Porque minha Caja ainda está aqui.

Ela ainda não se entregou totalmente ao seu cio.

Ainda não.

Mas ela o fará no momento em que meu nó se inserir dentro dela.

Mantendo o polegar em seu clitóris, uso a mão oposta para agarrar seu quadril. Então, eu a coloco no ângulo que quero.

— Isso vai ser forte e rápido, tesouro. Mas prometo que vou te compensar.

Não dou a ela a chance de responder antes de forçar o resto do meu comprimento em sua boceta doce.

Ela se arqueia e geme, e suas coxas se contraem ao meu redor.

Então, ela grita quando começo a me mexer de verdade.

A estocar nela no colchão.

Reivindicando-a com meu corpo e garantindo que ela saiba exatamente quem a está comendo.

Meu nome sai de seus lindos lábios, então eu a silencio com minha língua e domino sua boca.

Minha. Minha. Minha.

Cada centímetro do meu corpo está se apropriando de cada centímetro do dela, assim como sua alma está possuindo meu espírito, minha mente e meu coração.

Eu pertenço a ela.

E agora, ela vai pertencer a mim.

Cada grito. Cada estremecimento provocado pelo orgasmo. Cada gemido.

Eu quero tudo.

Eu a quero.

E mostro isso a ela com meus quadris, meu pau, minha língua.

Ela está ofegante, chorando, rosnando e *arranhando.*

Vou ficar uma bagunça danada, e não me importo. Porque eu serei a bagunça dela e ela será a minha.

Minhas bolas se apertam, meu nó ameaça estourar.

É uma sensação tão boa. *Tão certa.*

Ninguém jamais me deixou tão tonto de desejo, tão apaixonado com um único olhar.

Caja é uma deusa. Minha deusa. E vou adorá-la pelo resto de minha existência.

Enterro o rosto em seu pescoço e me agarro ao seu pulso, marcando-a *novamente*. Mordendo-a *novamente*. Garantindo que ela saiba – que *todo mundo* saiba – que ela é minha.

Essa fêmea.

Esse Ômega.

Essa linda loba.

Ela para de respirar quando meu nó sai de mim. Seu

165

corpo paralisa contra o meu, depois cai em um paraíso de êxtase enquanto nós dois gozamos juntos.

O calor explode em mim. Sobre mim. *Dentro de* mim. Ondulações de prazer.

Tremores de sensações intensas.

Uma união definida por nossa paixão conjunta.

É tão bom. É uma sensação incrível. E não *para*.

Rosno, meus músculos se contraem enquanto meu sêmen continua a fluir em seu útero. Há maneiras de evitar a gravidez em nossa espécie, mas não tenho acesso a nenhuma dessas ferramentas no momento. Tampouco quero tê-las.

Porque quero que ela carregue nosso filho.

Quero esse futuro.

Eu *a* quero.

E quando me afasto para olhar para a minha Ômega, posso dizer que ela também o quer.

Minha Caja ainda está lá, entrando e saindo de seu estado de euforia.

— Você é minha — digo a ela com aspereza. — Minha companheira. Minha Ômega. *Minha*.

Ela exala e seus ombros parecem perder um peso que eu nem sabia que ela carregava.

— Obrigada — ela murmura e fecha os olhos, enquanto se encosta em mim mais uma vez. — Obrigada, Enrique.

Encosto meus lábios nos dela.

— Não, tesoro. Eu que agradeço. — Porque ela é o tesouro aqui. O presente. A que merece minha gratidão, e não o contrário.

Mas quando seus olhos se abrem mais uma vez, percebo que minha Caja não está mais comigo.

Ela sucumbiu totalmente ao seu cio, deixando uma Ômega carente para trás.

Meu lobo cantarola por dentro, satisfeito. Porque ele sabe exatamente o que vamos fazer agora.

Vamos satisfazer nossa pequena companheira até que nenhum de nós possa andar.

Depois, vamos fazer tudo de novo.

E mais uma vez.

Até que seu cio diminua.

E mais uma vez... quando minha Caja finalmente acordar...

CAJA

O NÓ DO MEU ALFA PULSA, ME ENCHENDO COM SEU sêmen. Me reivindicando. Me marcando. Me *saciando*.

Enterro meu rosto em seu pescoço enquanto ele nos vira de lado, com seu peito contra minhas costas. Tudo isso enquanto nos mantém unidos.

Estou tão preenchida... seu pênis está duro e conectado ao meu interior. Eu me aperto ao redor dele e minhas paredes internas se contraem com o clímax que estou tendo.

Ele continua.

E continua.

E *continua*.

Começo a gemer. Ou tento, pelo menos. Minha garganta está rouca de tanto gritar. *Muito. Muito. Gritos.*

— Shh — ele sussurra. — Preciso de mais alguns minutos, tesouro.

Eu me arrepio, pois esse apelido mexe comigo toda vez que ele o sussurra.

A palma da mão dele desliza do meu quadril até

meu monte, seus dedos acariciam meu clitóris e me levam a outra espiral cataclísmica.

Ele beija meu pescoço, me segurando enquanto eu me contorço, e com seu pênis ainda nos prendendo lá embaixo.

Deuses, parece que ele está dentro de mim há *dias*.

E provavelmente está.

Não tenho noção de tempo. Apenas calor. Sexo. *Ejaculação*.

Ahhh, eu adoro quando ele *goza*. É como se ele estivesse me possuindo por dentro e por fora.

Seus dentes afundam em minha pele macia, não com força para tirar sangue, mas o suficiente para me fazer sentir possuída. Reivindicada. Totalmente dominada. E *segura*.

Esse Alfa me protege. Ele cuida de mim. Ele me abraça. *Ele me come*.

Sua língua traça um caminho úmido até minha orelha, onde ele mordisca o lóbulo e diz:

— *Minha*.

Eu me arrepio, adorando essa palavra.

— Sua — concordo. — Sua, sua, sua.

— Humm — ele murmura. — Você é uma menina tão boa, minha pequena e doce Ômega. Quer uma recompensa?

Estou praticamente ofegante, pronta para que ele me tome novamente, apesar de seu nó permanecer dentro de mim.

— Sim — sibilo, me arqueando contra ele. — Por favor, Alfa. Mais.

Seu dedo roça meu clitóris novamente, fazendo com

que eu entre em uma espiral só com aquele toque. É como se eu fosse um feixe de nervos, totalmente consumida pelo prazer que somente ele pode conceder ao meu corpo.

Ele geme quando eu o abraço com força, e um xingamento sai de seus lábios, enquanto ele enterra a cabeça em meu pescoço novamente, com os músculos tensionados contra minhas costas.

— *Puta merda*, Caja — ele rosna. — Já está me dando vontade de transar de novo, e eu ainda nem saí de dentro de você.

Eu me agito contra ele, toda a favor de sua sugestão.

Mas ele me impede, me segurando entre as pernas e pressionando a palma da mão contra o meu ponto sensível.

Dessa vez, não me desfaço. Mas estou perto. *Tão, tão perto...*

— Não — ele rosna, me segurando enquanto seu nó começa a me soltar.

Rosno de volta para ele, não gostando de sua negação.

— Caja. — Ele morde meu pulso acelerado. — Você precisa comer.

Argh. A última coisa que eu quero agora é *comida*.

— Eu só quero seu nó.

— E você pode ter o meu nó depois de comer algumas frutas — ele diz e seu pênis escorrega para fora de mim.

Eu gemo com a perda, meu interior já está queimando em resposta ao fato de estar vazio.

Preciso de mais.

Preciso dele.

Preciso do nó do meu Alfa.

— Comida — ele reitera. — Estamos transando há três dias, Caja. Você precisa de energia. E água.

Ele se afasta de mim, me deixando fazer beicinho na cama.

E olhando para sua bunda.

Ele tem uma bunda muito bonita, penso, olhando para seu corpo nu. *Sexy pra cacete.*

Ele dá uma olhada por cima do ombro.

— Acho que é a primeira vez que ouço você xingar, tesouro...

Franzo a testa. Devo ter dito tudo isso em voz alta.

Mas tudo bem.

Mesmo assim, continua sendo verdade.

— E eu também acho que você é sexy — ele diz, piscando para mim antes de desaparecer de vista.

Começo a me arrastar atrás dele, mas paro perto da beirada da cama e franzo a testa para os lençóis. Eles estão... desiguais.

Não. Não, isso não está certo. Eles não estão no lugar certo.

Passo a mão para suavizar a textura, mas isso não parece ajudar.

Rolando para fora do colchão, desdobro os lençóis e tento arrumar a cama.

Um grunhido me escapa quando isso também não resolve o problema.

Isso é enlouquecedor, penso, furiosa com a roupa de cama. *Por que está tão irregular?*

Arranco tudo e coloco no chão, depois começo de

novo. Estou no meio do processo de alisar as bordas mais uma vez quando sinto meu Alfa entrar no quarto.

Meu animal vibra de excitação, pronta para o nosso Alfa atacar. Mas levanto a mão. Porque preciso consertar isso primeiro. Não podemos brincar com essa bagunça. Está... está... está tudo errado.

Outro grunhido me invade quando me ajoelho no colchão e começo a puxar os cobertores, tentando inutilmente consertar as bordas amassadas.

Meu Alfa não diz nada.

Mas, então, ele se atreve a se aproximar dessa catástrofe, e eu o encaro com um rosnado, apenas para ver que ele está segurando roupas de cama.

Olho para ele.

Depois, estendo a mão para passar os dedos sobre a textura sedosa.

Contraio os lábios.

— Não. — É muito... estranho. Eu não gosto disso.

Ele assente e me deixa com minha tarefa, que é completamente inútil, porque esses lençóis são...

— E estes? — ele pergunta enquanto estou no meio da arrumação da cama novamente. Faço uma pausa e o encaro lentamente, sem saber o que ele está segurando. Mas quando vejo o linho preto, meu coração dispara. Isso me faz lembrar de seus olhos.

Eu me aproximo e acaricio o tecido. Não é tão sedoso quanto o último. É macio. Como o ar. Algodão. Com um sutil aroma de madeira que me faz lembrar do meu Alfa.

Será que ele roçou isso de propósito em seu peito? No pescoço? Na virilha? Em tudo?

Se eu pudesse ronronar, eu ronronaria.

Porque, sim. Eu gosto disso.

Meu Alfa ronrona com aprovação quando aceito sua oferta. Eu me deleito com esse som enquanto tiro a roupa de cama ruim e a substituo pelo conjunto agradável.

As bordas... são perfeitas.

Sem rugas.

Sem protuberâncias desnecessárias.

É... celestial.

Mas ainda está faltando alguma coisa.

Bato no queixo enquanto procuro no quarto, e me aproximo para pegar alguns travesseiros. Alguns deles são bons. Outros, não.

Meu Alfa me traz outros para testar. Seleciono mais dois, coloco-os na cabeceira da cama, depois subo em meu ninho e coloco os lençóis restantes no lugar.

Satisfeita, suspiro e relaxo na roupa de cama.

Só que uma pontada na parte inferior da minha barriga me fez enrolar em uma bola.

— Você precisa comer — meu Alfa me lembra.

Não. Eu preciso do nó, penso, rosnando.

— Comida, Caja — ele diz, segurando algo doce. Uma fruta de algum tipo. Viro o nariz para ela e, em seguida, minha nuca está presa em sua mão.

Eu rosno para ele.

Ele rosna de volta.

O que só faz minhas coxas formigarem de desejo.

— Se você comer, eu a recompensarei — ele me promete com a voz macia.

Minha loba se detém diante da perspectiva, fazendo

com que minha boca se abra. Ele coloca a fruta em minha língua, e eu engulo sem mastigar. Ele deve ter notado, porque grunhe.

Não me importo.

Tento alcançar seu pênis duro, mas ele afasta minhas mãos.

— Você tem que comer mais do que um morango, Caja — ele insiste.

Faço beicinho. No entanto, abro a boca novamente e engulo enquanto ele leva mais itens aos meus lábios. Ele dá pequenas mordidas, provavelmente porque não estou usando os dentes. Talvez seja petulância, mas tudo o que quero fazer é lambê-lo. Mordiscá-lo. *Chupá-lo.*

Meu olhar volta para o seu comprimento impressionante e para o vestígio de sêmen na ponta.

Eu me inclino para frente sem pensar e tomo a oferta em minha boca, o que faz meu Alfa soltar um gemido. Sua mão ainda está em minha nuca, mas ele não me afasta, apenas me deixa saboreá-lo.

— Deuses, você é viciante — ele me diz e inclina a cabeça para trás, enquanto eu o tomo profundamente em minha boca.

Ele tem me ensinado o que gosta, me dizendo como passar a língua e quando usar os dentes. Gosto de fazer isso com ele, de vê-lo perder o controle, de fazer com que sua fera saia para brincar.

— Puta merda, tesouro — ele geme, com o aperto de mão mais forte. — Quero tomar sua bunda hoje e reivindicar cada centímetro seu. Mas preciso prepará-la.

Eu me arrepio, sem saber ao certo o que isso

significa, mas gosto da ideia de ele me reivindicar. Me marcar como sua.

Ele também é meu.

Eu o lembro disso, soltando seu pênis e me inclinando para acariciar seu nó antes de mordê-lo gentilmente. *Meu. Alfa.*

Ele rosna.

Eu rosno de volta.

E, de repente, estou montada em seu rosto enquanto sua mão me leva de volta ao seu pênis.

— Continue me dando prazer — ele exige. — Mas não me faça gozar.

Isso soa como um desafio.

Eu gosto de desafios.

Especialmente os sexuais lançados pelo meu Alfa.

Eu o levo ansiosamente de volta à minha boca, minha língua fazendo o que ele gosta ao longo da parte inferior de seu pênis. Mas ele não prague ja como de costume. Em vez disso, ele fecha os lábios ao redor do meu clitóris e *rosna*.

Minhas pernas tremem quando uma nova onda de umidade − *muito escorregadia* − molha minhas coxas e o rosto dele.

Ele geme, me lambendo, e passa os dedos pela minha excitação. Mas ele não me penetra. Em vez disso... ele leva a essência escorregadia para o meu traseiro e passa os dedos *ali*.

Eu me sobressalto, compreendendo o que ele queria dizer sobre reivindicar cada centímetro meu.

Ele pretende... *me dar o nó ali*.

Mas não posso aceitar um nó desse jeito, posso?

Sua mão aperta minha nuca, me lembrando, sem palavras, que tenho um trabalho a fazer – um que tenho deixado de fazer porque sua mão oposta está me distraindo lá embaixo. Assim como sua boca. *Deuses, sua boca...*

— Caja — ele diz, com um aviso em sua voz. — Chupe meu pau, tesouro.

Dou um gemido. Sua exigência provoca uma nova onda de necessidade que aquece meu interior e minhas coxas. Ele me lambe profundamente, depois rosna contra meu clitóris novamente. Eu grito em resposta, e a sensação é tão incrível que mal consigo me equilibrar de joelhos sobre seu rosto.

Seu pênis pulsa contra minha bochecha, me lembrando de seus próprios desejos crescentes.

Tomando-o em minha boca novamente, chupo o mais forte que posso, apenas para engasgar quando ele empurra minha cabeça para baixo para engolir mais dele.

O líquido pré-ejaculatório provoca meus sentidos, forçando minha garganta a se mover em torno dele enquanto tento absorver cada pedacinho dele em mim.

Tudo isso enquanto ele move os dedos para dentro e para fora de meu corpo.

Ele está usando três agora? Quatro?

Deuses, estou perdendo a noção do tempo. Do espaço. Das sensações. Tudo o que posso fazer é senti-lo. Chupá-lo. Saboreá-lo. Apreciar seu toque.

Ele mordisca meu ponto sensível, me leva ao ápice sem aviso e faz com que eu grite ao redor de seu pênis.

Então, estou gritando para o ar.

E, de repente, meus sons são abafados por um travesseiro e meu Alfa está atrás de mim, com sua dureza pressionando minha bunda enquanto sua mão permanece em minha nuca, me segurando.

Oh, Deuses... Oh, Deuses...

Posso senti-lo me esticar.

Isso dói.

Queima.

Mas é... é... diferente.

Eu me contorço quando ele me penetra, me forçando a aceitar cada centímetro, exatamente como ele disse que eu faria. Depois, gemo quando sua mão se aproxima para tocar meu ponto sensível. Já estou gozando novamente. Meu corpo está tão reprimido e pronto para ele, que é como se eu estivesse completamente sob seu comando.

E provavelmente estou.

Sou dele. Tomada. Possuída. Reivindicada de forma inequívoca.

Meu coração dispara no peito e minhas pernas ficam instáveis. Mas ele me prende ao seu corpo, segurando meu sexo, enquanto seu polegar circula meu clitóris repetidas vezes.

Estou chorando de tanto gozar. Choro por estar sem seu nó. Chora por causa da pressão esmagadora que está se formando atrás de mim.

Tudo isso enquanto ele está me penetrando. Tomando. Me usando por completo. E eu não gostaria que fosse de outra forma. Meu Alfa está cuidando de mim. Me protegendo. Me dando prazer.

— Deuses, você é incrível — ele me diz e seu elogio

me envolve em uma nuvem de felicidade. — Você está me levando tão bem, tesouro. E está tão linda assim, com meu pênis na sua bunda, seu corpo suado e ondulando com o esforço da nossa transa.

Ele me leva até o fim com um movimento brusco que me faz balançar embaixo dele. Entreabro os lábios em um gemido, no momento em que ele me manda para o precipício novamente com uma única estocada.

Não sei como ele está fazendo isso. Ele é mágico. Ou talvez sejamos mágicos juntos.

Não me importa.

Eu só... eu só quero *voar*.

E eu voo. Alto. Bem alto. Vivendo em uma existência eufórica. Uma em que tenho orgasmos repetidos enquanto ele me toma brutalmente por trás.

Até que ele também se junta a mim, jorrando seu sêmen quente contra meu interior.

Mas não sinto seu nó.

Não, ele está... segurando-o... massageando-o. A mão que estava contra meu centro se moveu em algum momento para que ele pudesse segurar seu nó.

Gemo, descontente.

Mas ele me cala no meio de um gemido e continua a gozar.

E gozar.

E gozar.

Até que estou tão cheia que sinto que vou explodir.

Um gemido me escapa por causa do desconforto, e ele finalmente se retira, depois me pega em seus braços enquanto elogios e gratidão saem de seus lábios.

— Você é perfeita, Caja. Perfeita. Nunca tive

ninguém que me aceitasse tão bem. Juro que você foi feita para mim. Criada para que eu a amasse e a valorizasse. E eu vou amar, tesouro. Vou te amar até meu último suspiro.

Meus olhos, cheios de lágrimas, embaçam minha visão. Quando tento olhar para ele, outro gemido escapa de mim.

Porque preciso de seu nó.

E ele não o deu para mim.

Ele prometeu me recompensar. Eu fui boa, não fui? Eu... eu pensei que tinha feito o que ele queria. Eu comi o que ele me deu. Eu... eu...

— Shh — ele me silencia novamente. — Estou com você, tesouro. Só preciso nos lavar e depois vou te dar o nó contra esta parede.

Não entendo o que ele está dizendo. Estou muito perturbada. Perdida demais. Muito *carente*.

Tudo isso é estranho para mim. Meu cio. Meus... meus anseios.

Eu nem sei quem sou aqui.

— Você é minha, Caja — ele sussurra em meu ouvido. — E eu cuido do que é meu.

Mal percebo que suas mãos me tocam. Minha mente está perdida demais em uma nuvem de miséria.

Ele não me deu o nó.

Eu fiz um ninho para nós.

Um lindo ninho.

E ele não me deu o nó.

Eu fui boa.

Mas ele não me deu o nó...

Ganho vida quando seu pênis me penetra e aperto

as pernas instantaneamente em torno de seus quadris. Nem sei quando ele me pegou, como estou coberta de água, nem quando tudo isso aconteceu. Mas, de repente, estou em casa. De repente, tudo está certo novamente.

Estou preenchida.

Ele está aqui.

Está me beijando, exigindo que eu responda com a língua.

Me acariciando.

Me levando com força contra a parede.

Eu gemo e envolvo meus braços em seu pescoço. E me entrego totalmente a ele. Seu toque. Sua boca. Seu ritmo intenso.

É a perfeição. Exatamente o que quero. O que eu *preciso*.

Ele morde meu lábio inferior, tirando sangue. Faço o mesmo, transformando nosso abraço em uma batalha de vontades.

É tão bruto. Tão animalesco. Tão intenso.

E então seu nó sai de seu pênis, se prendendo dentro de mim e nos unindo para a eternidade mais uma vez.

Eu não grito... eu morro.

Ou é assim que me sinto, pelo menos.

Porque o mundo inteiro está escuro e eu simplesmente existo em um estado de êxtase.

Eu sou o prazer. E o prazer sou eu.

Até algum tempo depois, quando sou enrolada em uma toalha macia e levada de volta ao meu ninho. *Nosso* ninho.

Pela primeira vez em minha existência... tenho um porto seguro. E um Alfa que se preocupa comigo.

Ele me segura em seus braços, cantarolando uma música suave, enquanto penteia meu cabelo.

— Não sei quem a enviou para mim, Caja. Mas vou agradecer ao destino todos os dias por esse presente. Por você. — Ele beija minha testa. — Agora durma, tesouro. Eu exigi muito de seu corpo e você precisa descansar. Vou te dar o nó mais uma vez quando você acordar.

ENRIQUE

PASSO OS DEDOS PELOS CABELOS úMIDOS DE CAJA, observando-a enquanto ela dorme.

Ela parece não gostar de travesseiros. Em vez disso, está usando meu peito, o que é ótimo para mim. Se for do meu jeito, terei uma mão sobre ela pelo resto de nossas vidas.

Eu adoro acariciá-la.

Tocá-la.

Apenas *senti-la.*

Ronrono para ela, dizendo-lhe com meu corpo o quanto estou satisfeito com nosso acasalamento.

Foi uma semana de sexo ininterrupto. Ah, eu a fiz comer. Mas a única maneira de realmente satisfazer minha Ômega faminta foi com meu esperma.

Em sua garganta.

Em sua boceta.

Em sua bunda.

Deuses, estou duro de novo só de pensar nisso.

Tomei seu corpo de todas as formas imagináveis e quero fazer tudo de novo.

Mas ela está começando a se mexer, seu cio está diminuindo. Percebi ontem à noite, quando ela caiu em um sono profundo depois de chupar meu pau como se fosse sua sobremesa favorita.

Ela aprendeu muito em um período tão curto de tempo.

Chamá-la de natural parece um pouco clichê... ela é uma Ômega, é claro que ela é natural pra caramba. Mas ela é realmente uma excelente aluna.

Passo os dedos de seu cabelo até a nuca e massageio os músculos tensos.

Ela se esforçou muito esta semana. Foi muito boa para mim. Não tenho dúvidas de que o destino a criou apenas para que eu a encontrasse.

E na hora certa, também.

Fecho os olhos e forço os pensamentos sobre Carlos a saírem de minha mente. Não quero me preocupar com o *que teria acontecido*.

Isso não importa.

Ela está aqui comigo.

Ela é minha.

E estamos seguros.

Isso ficou claro para mim na primeira vez que o telefone tocou, perguntando quais eram as provisões necessárias para mim e para Caja. Foi além do fato de a suíte ter sido totalmente abastecida quando chegamos, como se os zeladores do prédio soubessem que chegaríamos a qualquer momento.

Talvez soubessem.

Ainda não saí para falar com Xavier ou Francesca.

Mas ouvi a chegada de Elias há seis dias.

Como não ouvi o som de um jato partindo, presumo que ele ainda esteja aqui, esperando para falar comigo.

Meu foco tem sido Caja e somente Caja.

Hoje, isso terá que mudar. Pelo menos, por alguns minutos enquanto me encontro com os outros. Se Caja estiver se sentindo bem, eu a levarei comigo. Mas entenderei se ela precisar descansar.

Ela está criando uma vida dentro dela, uma que posso sentir agora mesmo.

Um filhote, penso, satisfeito.

Nunca tive a ideia de ter uma família, pois sempre tive medo de trazer acidentalmente uma vida Ômega para o Território Bariloche.

Como Alfa, só posso procriar com uma Ômega.

E como um par Alfa-Ômega, só podemos criar um de dois descendentes: Alfas ou Ômegas.

A primeira opção teria dado muito trabalho no Território Bariloche, principalmente porque eu teria que ensinar o Alfa a jogar o jogo sem realmente gostar do jogo.

E o último... o último teria exigido que eu e minha companheira *fugíssemos*.

Porque não havia a menor chance de eu permitir que Carlos tocasse na minha prole Ômega.

Felizmente, isso não é mais uma preocupação. Posso abraçar esta vida, abraçar Caja, abraçar a *nós*.

Meus lábios se curvam.

— Uma família — digo em voz alta. — Nós criamos uma família, Caja.

Ela murmura, nos vestígios de consciência.

Passo o polegar em sua nuca e depois volto a massagear os músculos da região. Ela vai ficar dolorida nos próximos dias. Mas vou gostar de beijar cada hematoma, aliviar toda a dor e implorar por seu perdão com minha boca contra seu clitóris.

Humm, talvez eu a acorde dessa forma, pensei, tirando-a gentilmente do meu peito e rolando-a para a cama. Ela começou a fazer um ninho ontem à noite e seus instintos maternais entraram em ação, pois uma parte dela registrou que será mãe.

Eu me pergunto se ela já teve um ninho antes. Um ninho de verdade. Dada sua natureza hesitante na noite passada, suspeito que não.

Será que esse ninho vai satisfazê-la ou ela vai querer algo diferente?

Perguntarei quando ela estiver totalmente acordada.

Para ajudá-la, beijo seu pescoço e continuo descendo até seus belos seios.

Ela geme quando eu lambo seus mamilos, depois sibila quando beijo a marca em seu seio direito.

Caja está praticamente ofegante quando chego ao umbigo e, em seguida, começa a gritar quando pego seu clitóris inchado entre os dentes e o mordisco.

Com a em sua barriga, eu a empurro de volta para baixo e sugo seu clitóris.

Ela grita meu nome, confirmando que finalmente saiu do cio.

Em seguida, rosna quando passo a língua em seu

ponto sensível. Uma nova onda de lubrificação sai de dentro dela, me indicando que está mais do que pronta para outra sessão.

Mas, desta vez, quero ser gentil.

Amoroso.

Terno.

Uma forma de agradecê-la por tudo o que me deu. Por ser minha companheira. Por ser *minha.*

Eu me arrasto de volta para cima de seu corpo, beijando-a ao longo do caminho, e encosto meu pênis em seu centro encharcado.

— Bom dia, tesoro — eu ronrono para ela, enquanto me inclino para encontrar sua entrada.

Ela suspira quando a preencho com um único impulso, suas pernas imediatamente envolvem meus quadris.

— Como está se sentindo? — pergunto enquanto entro e saio dela.

— Preenchida — ela diz.

— Humm — murmuro, pego água na mesa de cabeceira e pressionando o canudo em seus lábios. — Beba.

Em vez disso, ela ofega e um gemido sai de sua garganta enquanto eu continuo a me movimentar.

— Beba, tesoro — repito, enquanto deslizo o pau lentamente para fora dela antes de penetrá-la de volta.

Ela faz um som sufocado, que eu realmente gosto, porque me faz lembrar da primeira vez que ela chupou meu pau. Na época, ela foi um pouco vigorosa demais, mas a sensação foi fenomenal.

Caja toma um longo gole enquanto saio de dentro

dela mais uma vez e, em seguida, se arqueia conforme a penetro gradualmente.

— *Enrique*.

— Caja — murmuro em resposta, roçando o nariz no dela quando a penetro até o fim. — Você é tão gostosa, mi tesoro.

Enterro a cabeça em seu pescoço e ela deixa cair a bebida na lateral da cama. Vou limpar tudo mais tarde. No momento, o que importa é ela. Nós. *Isso*.

— Me beije — ela sussurra e suas palavras representam um pedido que jamais negarei.

Tomo sua boca no instante seguinte e continuo meus movimentos lentos e medidos.

Ela tenta me apressar, mas ignoro sua exigência silenciosa e, em vez disso, a adoro com minha boca e língua.

Caja agarra meus ombros e pressiona meu corpo com o seu.

Rosno em resposta, lembrando-a de que sou eu quem manda aqui.

Ela vai receber meu nó em breve.

Mas ainda não.

Não até que eu tenha terminado de acariciar sua linda boca. Acariciar cada centímetro de seu corpo. Fazê-la arder tanto quanto quando estava no cio.

Ela geme e movo as mãos na lateral de seu corpo, arfa quando acaricio seus seios e estremece quando toco a marca que deixei ali.

Eu amo isso.

Amo mesmo.

Tenho quase certeza de que a amo.

O tempo é irrelevante.

Ela é minha companheira agora. Meu tudo. E, com isso, eu lhe dei meu coração.

Essa fêmea abriu um novo sentido de vida para mim, permitindo que eu me tornasse um Alfa que nunca pensei que poderia ser. *Um acasalado.*

E ela também fará de mim um pai.

Ela merece cada grama de minha adoração, cada segundo de minha existência.

Demonstro isso com meus lábios, dizendo sem palavras que sou grato por ela e que prometo amá-la para sempre.

Ela é tudo para mim.

Minha Ômega.

Minha única companheira.

Viverei e respirarei por ela. Morrerei por ela. Irei protegê-la. Farei tudo o que ela quiser.

Porque esse é o meu propósito agora – servi-la.

— Enrique — ela murmura, implorando para que eu a coma com mais força. Exigindo isso com suas pequenas unhas em meus ombros e seus calcanhares contra minha bunda.

Dou uma risadinha, adorando esse tormento. Adorando-a.

— Você é minha para provocar, tesoro.

— *Por favor.*

— Humm... — Gosto muito dessa palavra que sai de sua boca. Ela a pronunciou muitas vezes na última semana. — O quanto você quer o meu nó, Caja?

Ela aperta sua boceta em volta de mim em demonstração, fazendo-me rir novamente.

— Tanto assim?

Seu rosnado baixo em resposta vai direto para minhas bolas.

— Eu queria ir devagar — digo a ela. — Mostrar-lhe com meu corpo o quanto você significa para mim.

— Não quero ir devagar.

— Posso ver isso — murmuro, roçando o nariz no dela. — Mas você está dolorida.

— Não me importo. — Ela bate os quadris nos meus enquanto eu a penetro lentamente, me forçando a preenchê-la mais rápido do que eu pretendia.

Deuses, essa é a sensação mais gostosa do mundo.

— Tudo bem, tesoro — digo, rolando-nos para que eu fique de costas e ela por cima. — Pegue o que você quiser.

Ela arregala os olhos. Ainda não tentamos isso. Eu já a peguei por trás várias vezes. No estilo papai e mamãe. Contra uma parede no chuveiro. Inclinada sobre a cama. Mas não com ela por cima. Não dessa forma.

— Monte em mim, Caja — eu digo.

Ela pressiona as mãos em meu peito para se sentar.

Depois, começa a se mover.

E essa é a visão mais sexy que já vi, com seus peitos balançando com os movimentos, seu corpo *pegando, pegando, pegando.*

Observo como meu pau desaparece e reaparece a cada movimento de seus quadris e seu corpo mal consegue me suportar nessa posição.

Seus joelhos deslizam sobre o colchão em vez de repousarem sobre ele. Seu corpo é pequeno demais para que isso seja tão impactante quanto ela realmente deseja.

Posso ver essa tensão em suas feições, a frustração pela incapacidade de me montar com eficiência.

Eu a deixo tentar por mais alguns minutos, me satisfazendo com a visão dela.

Em seguida, viro-a mais uma vez e avanço até que ela grite e se contorça embaixo de mim. Ela vai ficar com alguns hematomas recentes nos quadris, mas suas reações me dizem que ela não se importa.

Por isso, continuo.

Estocando-a com força.

Levando-a para aquele lugar em que sei que ela está viciada depois de uma semana de sexo.

Ela grita meu nome repetidamente, arranha as unhas em minhas costas enquanto eu a penetro, levando-a ao ápice do prazer induzido pela dor e forçando-a a permanecer lá com meu nó.

Seu corpo estremece com o meu, enquanto o nó está preso ao seu interior, nos mantendo juntos nessa existência orgástica.

Seu rosto está molhado de lágrimas, mas seus lábios estão curvados em êxtase.

Eu a acaricio no rosto e a beijo, segurando-a comigo enquanto meu sêmen a preenche até o fim.

Meu nó parece nunca querer se soltar, até que começa a diminuir, e só então sua felicidade começa a sumir e a dor se instala.

Ela se contorce e depois estremece quando outro tremor de euforia toma conta de seu ser.

Encosto os lábios nos dela mais uma vez, beijando-a

durante todo o processo, até que ela chora baixinho embaixo de mim.

— Sinto muito, tesoro — sussurro. — Sei que está doendo.

Ela balança a cabeça. — Não dói.

Eu franzo a testa.

— Então por que está chorando?

— Porque eu posso — ela me diz. — Porque finalmente estou segura o suficiente... para chorar.

Eu a abraço. Suas palavras partem meu coração enquanto seus soluços me atingem por dentro.

Meu pobre tesouro, tão forte por tanto tempo... não consigo nem imaginar a agonia que ela escondeu dentro de si. Mas vou passar a eternidade fazendo tudo certo. Mostrar a ela como um verdadeiro Alfa trata sua Ômega. Adorando-a. Acolhendo-a. *Amando-a.*

— Você é minha agora — murmuro, com a mão na parte de trás de sua cabeça, enquanto a embalo contra mim. — Ninguém jamais vai te machucar novamente, pequeno tesouro. Ninguém.

CAJA

Me sinto crua.

Exposta.

Vulnerável.

Usada.

E tão satisfeita, que mal consigo pensar direito.

É... uma combinação exótica de sensações que me deixa agarrada a Enrique por horas a fio. Mesmo agora, estou agarrando sua mão como se fosse uma tábua de salvação. E suponho que seja. Estamos em uma terra estrangeira, cheia de aromas estranhos e rostos desconhecidos.

Vários desses rostos estão voltados para nós agora, quando saímos do prédio. Enrique está de pé, com sua força alfa em plena exibição.

Tento fingir uma confiança semelhante ao seu lado, mas confio em minha capacidade de mascarar emoções.

Com Enrique, sinto que não preciso me esconder.

Ele rompeu uma espécie de parede dentro de mim, me libertando para o mundo pela primeira vez. Me fazendo experimentar a vida. Abraçar minha existência. Apenas... *sentir*.

Ele aperta minha mão, o que faz com que eu olhe para ele.

— Está tudo bem, Caja. Ninguém vai te tocar.

— Eu sei — digo a ele com honestidade. Porque ele vai me proteger. Tenho certeza disso. Posso sentir sua necessidade de cuidar de mim, o desejo de me manter calma, sua promessa de nunca sair do meu lado.

Todas essas emoções giram em nosso vínculo como um beijo em meus sentidos.

Assim como tenho certeza de que ele pode sentir minha inquietação. Minha preocupação com o que nos cerca. Minha fé nele para me manter segura.

Ele é minha âncora agora.

Meu Alfa.

Meu *companheiro*.

Um assovio alto soa à frente e um rosto familiar aparece na multidão. *Elias*.

Pisco, surpresa, pois não esperava vê-lo aqui.

— Parece que você esperou para dar o nó nela em terra firme — Elias diz como saudação. — Bom trabalho, *Riq*.

Enrique resmunga.

— Você tem uma estranha obsessão pelo meu nó, *Lias*.

Elias o considera por um momento.

— Não, isso não soa bem. Vou continuar com Enrique.

— Então, vou ficar com Elias.

Ele assente.

— Ótimo. De qualquer forma, fico feliz em ver que vocês dois finalmente apareceram. Foi uma semana muito longa e estou sentindo falta da minha companheira que está em casa.

Enrique inclina o queixo em sinal de compreensão e sua mão aperta a minha.

— Acho que eu não conseguiria sobreviver tanto tempo longe de Caja.

Sorrio por dentro. Porque também acho que não sobreviveria por tanto tempo sem ele.

— Eu teria voltado mais cedo se tivesse percebido o quanto o cio seria longo — Elias comenta, passando a mão na nuca. — Mas pelo menos, aprendi muito desde que cheguei aqui. Parece que Xavier estava preparando seus Alfas para um ataque ao Território Bariloche em um esforço para salvar as Ômegas. Mas nós...

— Vocês foram mais rápidos que nós — uma voz dominante fala e um grande Alfa com características intimidadoras atravessa a multidão. — Agora só temos que descobrir como trazer essas Ômegas para casa.

Elias assente.

— Estamos trabalhando nisso. Será uma reintrodução lenta. Alguns Alfas voltarão conosco para o Território Andorra para iniciar esse processo.

— Você quer dizer com *você*? — Xavier interrompe.

— Enrique ainda tem uma escolha a fazer.

Enrique franze a testa.

— Que escolha?

— O Xavier colocou na cabeça que você vai ficar aqui como o segundo em comando — Elias explica e cruza os braços. — Eu disse a ele que não há como você fazer isso quando você pode ter acesso aos meus brinquedos no Território Andorra. Mas ele insiste em te dar a opção.

A carranca de Enrique se aprofunda quando ele olha para Xavier.

— Segundo em comando?

O homem grande dá de ombros.

— É uma posição em aberto para a qual acho que você está bem-preparado.

— E quanto à Fran e Philippe?

Ele bufa.

— Eles insistem em serem meus executores e nenhum deles está interessado em liderança.

— Mas você supõe que eu esteja?

— Pelo que vi, sim. Você tem talento natural.

Enrique apenas o encara.

— Você quase não me viu. Acabei de chegar aqui.

— Sim, e já está desafiando minhas decisões e escolhas. Então... — Ele acena com a mão. — Obviamente, você é adequado para o cargo.

— Questionar sua decisão de me dar um emprego sem me conhecer de fato não me qualifica para o cargo, Xavier — Enrique argumenta.

— Você me deu um soco — ele rebate, vindo em nossa direção. — E se recusou a se submeter.

— Porque eu queria chegar à minha Ômega — Enrique grita. — E você estava no meu caminho.

Xavier faz um gesto para sua forma maciça.

— A maioria das pessoas não tenta passar por mim.

— A maioria das pessoas não tenta me bloquear —

Enrique rebate, os dois homens quase peito a peito agora. — E foi uma situação única.

— Uma situação à qual você reagiu sem hesitar — Xavier ressalta. — Assim como está fazendo agora. — Ele olha para Elias. — Ele vai ser o meu segundo em comando.

Enrique bufa.

Mas Elias sorri.

— Sim, estou vendo.

— Sério? — Enrique pergunta a ele, incrédulo.

— Olhe ao redor — Elias murmura, e eu faço exatamente isso.

E o que descubro é que todos na área deram vários passos para trás, todos olhando para Enrique.

O respeito e o medo parecem estar refletidos nos olhares arregalados. Alguns deles até abaixam a cabeça.

Enrique pragueja.

Elias apenas sorri.

E Xavier assente.

— Estou certo.

— De jeito nenhum — Enrique resmunga. — Eu nem gosto de você.

— Você não precisa gostar de mim para ser meu segundo — Xavier ressalta. — Mas vai gostar à medida que me conhecer.

— Eu não aceitei — Enrique rosna para ele. — Não aceito.

Xavier dá de ombros.

— Fale com sua companheira primeiro. Temos muito a oferecer aqui. Inclusive, uma maneira de ajudar seu irmão. — Ele começa a se virar.

Enrique vai atrás dele, me puxando junto.

— O que você pode fazer pelo meu irmão?

Xavier faz uma pausa, olhando para trás por cima do ombro.

— Ah, agora você está interessado?

— Não brinque comigo, Xavier. O que você pode fazer pelo Joseph? — Enrique exige e exala sua dominância.

O outro Alfa gira lentamente para encará-lo novamente, seu domínio luta contra o do meu companheiro.

Eu me arrepio e fico mais perto de Enrique.

Ele relaxa e solta a mão da minha para poder me abraçar.

— Lo siento, pequeño tesoro — ele fala baixinho. *Sinto muito, pequeno tesouro.*

— Estoy bien — respondo, dizendo-lhe que estou bem.

Xavier olha entre nós, depois cruza os braços de maneira semelhante à de Elias. Mas o Alfa do Território não parece achar tanta graça quanto o outro.

— Você deve ter notado o estado de lucidez de Philippe — Xavier começa. — Certo?

Enrique inclina o queixo em resposta, mas sinto a tensão que se estende por seu braço.

— Bem, nós desenvolvemos métodos aqui na ilha para ajudar a desfazer as farsas mentais de Carlos — Xavier diz a Enrique. — Mas será necessário que Joseph venha até aqui.

— E a Savi? — meu companheiro pergunta.

— Seria melhor que ela ficasse no Território

Andorra enquanto avaliamos a condição do seu irmão. Pode levar anos para trazê-lo de volta.

Enrique engole em seco e sua inquietação faz com que o nosso vínculo se estreite quando ele repete:

— Anos.

Xavier assente.

— Não é um processo fácil. Mas sabemos que funciona.

— Embora não tenhamos conseguido fazer nada além de sedá-lo — Elias acrescenta. — No entanto, também só estamos com ele há pouco mais de uma semana.

— O que exatamente você faria com ele? — Enrique pergunta, ainda concentrado em Xavier.

— Esse é um processo que não posso explicar em poucas frases, nem quero compartilhar agora. — Ele olha para mim, deixando claro que não quer que eu ouça o processo. Provavelmente porque acha que eu não consigo lidar com isso. — Mas Philippe pode fazer uma demonstração, se você estiver interessado em ver o que fazemos.

Enrique ainda o estuda atentamente.

— Parece sinistro.

Xavier grunhe.

— Porque é um processo intenso pra caramba. Mas também não é como se o seu irmão tivesse simplesmente chegado ao estado atual. Foram anos de tortura. Vai ser preciso muito para libertá-lo.

Meu companheiro não diz nada, apenas continua olhando para Xavier.

Elias pigarreia.

— A escolha é sua, Enrique. Ander e eu entenderemos se você preferir ficar na Ilha Venom. Pelo que sei, você tem alguns velhos amigos aqui também.

Enrique permanece em silêncio, mas posso sentir que ele está considerando suas opções. Finalmente, ele olha para mim.

— Caja seria a única Ômega aqui até que as outras possam vir, certo?

— Não — Xavier diz, fazendo com que as sobrancelhas de Enrique se ergam antes de ele voltar o olhar para o outro macho. — Temos treze Ômegas sob essa cúpula, todas acasaladas. São quatorze com Caja.

— Como? — Enrique pergunta.

Mas Xavier apenas sorri.

— Aparentemente, eles se tornaram amigos de dragões contrabandistas — Elias murmura. — Algo sobre as rochas em certas áreas de mineração desta ilha proporciona um excelente comércio. Dê a um dragão uma caixa de pedras em troca de algumas Ômegas e *voilà*. Você tem a Ilha Venom.

— Eu nunca confirmei isso — Xavier diz a ele.

— Você não precisava — Elias responde. Em seguida, ele olha para Enrique. — Então, o que vai ser? Armas sofisticadas ou um emprego?

— Uma posição de liderança que vem com a promessa de ajudar a recuperar a saúde de seu irmão — Xavier esclarece. — E podemos trocar por armas, se isso for do seu interesse.

Elias resmunga.

— As minhas não podem ser trocadas.

Xavier dá de ombros.

— As suas não são as únicas disponíveis.

— Mas são únicas — Elias ressalta.

— Assim como outros graus e tipos — Xavier diz.

Enrique apenas balança a cabeça.

— Preciso falar com minha companheira.

— Tudo bem, tudo bem — Elias concorda. — Mas se apresse. Quero ir para casa hoje.

Enrique assente e me puxa para longe.

Caminhamos em silêncio por um tempo, e Enrique parece observar as várias estruturas construídas na paisagem semelhante a uma lagoa.

Há uma grande torre com cachoeiras atrás dela, que descem de uma montanha.

Ao olhar para cima, vejo o brilho do vidro pairando sobre ela, o que me deixa muito confusa.

— É um domo — ele me diz. — Não tenho ideia de como foi feito, mas acho que os metamorfos de dragão tiveram algo a ver com isso.

— Nunca ouvi falar de metamorfos de dragão — sussurro. Mas eu também não estava muito familiarizada com vampiros até Guðrún.

Franzo a testa, pensando nela e depois nas outras.

— Você acha que elas estão bem? — pergunto, fazendo Enrique franzir a testa.

— Os metamorfos de dragão?

— Não, me desculpe, as outras Ômegas. Guðrún, Hel, aquelas lobas do Ártico... — falo, engolindo em seco. — Elas não aterrissaram aqui, não é?

Ele balança a cabeça.

— Não, não aterrissaram. E, sinceramente, não sei. Ander disse que não há como rastreá-las, e todas as ilhas estão fora da jurisdição do X-Clan. Não saberíamos nem mesmo por onde começar a caçar ou com quem trabalhar para iniciar a caçada.

Eu me arrepio.

— Oh.

Ele me puxa para perto e nós dois paramos em um caminho próximo de uma das cachoeiras.

— Sinto muito, Caja. Eu... eu não sei como ajudá-las.

Mordo meu lábio.

— Eu também não. — E odeio isso.

Mas este mundo... é uma questão de sobrevivência.

Eu soube disso minha vida inteira.

E tenho certeza de que as outras Ômegas também aprenderam essa lição desde cedo.

Enrique me puxa para um abraço.

— Sinto muito — ele repete.

— Não é culpa sua.

— É, sim — ele sussurra. — Eu era o Alfa no comando. Elas estavam sob minha proteção e eu falhei com elas.

Balanço a cabeça.

— Você não derrubou o jato de propósito, Enrique. Eu jamais culparia você ou mesmo Hel, por isso. — Engulo em seco. — Se essa experiência me ensinou alguma coisa, é que o destino tem um plano para todos nós. E o plano dele para mim foi me levar até você.

O que sugere que seu plano para nós era nos guiar até aqui.

Da mesma forma, seu plano para as outras Ômegas era enviá-las para qualquer ilha em que aterrissassem.

— Talvez essas ilhas tenham segredos — digo em voz alta. — Assim como esta parece ter. — Estou me referindo à surpresa que senti em nosso vínculo quando Xavier falou sobre esse complexo, especificamente sobre a possibilidade de ajudar Joseph.

— Talvez — ele concorda, apoiando o queixo na minha cabeça. — Para as outras Ômegas, espero que você esteja certa.

— Eu também — digo a ele, engolindo em seco. — Então, o que você quer fazer? — pergunto, curiosa sobre seus pensamentos. Acho que é bastante óbvio que devemos ficar, mas ele não parece muito interessado.

— Não posso ajudar as outras Ômegas — ele diz. — Mas posso ajudar o Joseph e, possivelmente, as Ômegas acasaladas com os Alfas daqui.

— Ficando — murmuro quando ele não acrescenta o comentário esclarecedor.

— Ficando — ele repete.

Inclino o queixo em sinal de compreensão.

— Então vamos ficar.

Ele me olha de relance.

— Simples assim?

Dou de ombros.

— Não tenho para onde ir, Enrique. Desde que você me disse que meu Alfa estava morto, tudo o que eu sempre quis – tudo o que eu sempre esperei – era estar onde você estiver.

Seus olhos me procuram.

— Como pôde confiar tanto em mim desde o início?

— Porque você me salvou — digo a ele.

— Vários Alfas salvaram você, tesouro. Eu só tirei você daquela jaula.

Balanço a cabeça.

— Não é isso, Enrique. — Toco sua bochecha. — Você salvou meu coração. Minha alma. Meu espírito. Só por me mostrar que alguns Alfas podem ser gentis. Você me deu uma razão para viver. Para esperar por um futuro. Para querer mais do que eu achava que minha existência deveria ser.

Não é algo que eu possa explicar com facilidade. É apenas... um despertar que ele provocou em mim. Uma mudança na direção de minha mente.

— Você me fez querer respirar novamente — sussurro. — Então, sim, é tão simples quanto isso. Se você quiser ficar, nós ficaremos. Porque eu estarei para sempre ao seu lado.

Ele se inclina em meu toque e fecha os olhos.

— Você é o novo começo que eu nunca soube que precisava, tesouro — ele murmura. — Estava perdido, sem saber onde iria parar depois que o Território Bariloche se transformou em pó. E nunca pensei que acabaria aqui, com você ao meu lado.

Passo o polegar em sua bochecha.

— Não há nenhum outro lugar onde eu preferiria estar.

— Também não há outro lugar onde eu preferiria estar — ele admite, abrindo seus olhos escuros mais uma vez. — Você é o meu futuro agora, tesouro. Meu tudo. — Ele pressiona a mão em minha barriga lisa. — E eu vou passar nossas vidas provando isso para nossa família.

Fico na ponta dos pés para beijar seus lábios.

— Você já é tudo o que eu poderia querer, Enrique.

Seu braço envolve a parte inferior das minhas costas e ele me segura contra si.

— Ah, tesoro. Eu vou ser muito mais. Prometo. — Ele me beija antes que eu possa responder e seu toque possessivo me aquece até meu espírito. — À nossa nova existência — ele diz.

— À nossa nova existência — concordo.

Uma nova vida.

Um novo propósito.

Um inesperado... felizes para sempre.

ENRIQUE

Caja e eu observamos enquanto o jato de Elias se prepara para a decolagem, com o rugido do motor ganhando vida.

Não somos os únicos aqui fora assistindo à decolagem. A energia nervosa me provoca os sentidos, e os demais lobos claramente duvidam que isso funcione.

Não é a cúpula de vidro que os preocupa — o jato aterrissou e decolou do lado de fora dela —, mas a barreira que força todos os habitantes do X-Clan a permanecerem aqui.

— Os dragões não são afetados por ela — Xavier explicou um pouco antes. — Mas nós somos.

— Porque é uma barreira destinada a manter os lobos de X-Clan dentro dela. Todas as ilhas têm seus próprios métodos. Esta está programada para reconhecer a genética X-Clan. Portanto, ela funciona como uma rede invisível que basicamente o faz voltar se você se aproximar dela.

— Eu sei — Xavier murmurou. — É isso que estou dizendo. Não podemos atravessar a barreira. Então, como você pretende sair?

Elias apenas sorriu.

— Enganando os marcadores genéticos.

Xavier pareceu duvidoso.

Elias acrescentou:

— Confie em mim.

— É bom que esse arrogante saiba o que está fazendo — Xavier disse ao meu lado, com o olhar fixo no avião.

— Eu te falei que a tecnologia deles é avançada. — E tenho certeza de que Ander também te disse isso.

— No entanto, ele caiu na minha ilha — Xavier ressalta.

Eu bufo.

— Devido a uma tempestade elétrica criada magicamente por uma raça de lobo completamente diferente. Isso não tem nada a ver com a tecnologia. Isso está em... outra coisa completamente diferente.

Ele olha para mim.

— Destino.

Arqueio uma sobrancelha com essa palavra. Ela tem aparecido muito ultimamente.

— Talvez — eu me arrisco, meu braço apertando Caja e puxando-a para mais perto. Ela não está mais estudando o jato, seus olhos estão em mim. — Você está bem, pequeno tesouro? — pergunto a ela em espanhol.

Ela assente.

— Eu só estava... pensando que ainda não vi seu lobo.

Arqueio uma sobrancelha.

— Você quer ver meu lobo, tesouro?

— Sim — ela sussurra. — Por favor.

Sorrio.

— Acho que ele também está muito ansioso para te ver. — Já faz tempo que não me transformo. E a ideia de sair para correr com minha companheira... sim, isso definitivamente me agrada. — Quer sair para explorar depois que terminarmos aqui?

Ela assente de novo.

— Eu gostaria muito.

— Eu também — concordo.

— Eu não me afastaria muito do complexo — Xavier interrompe. — Ou considere explorar as montanhas sob a cúpula, pelo menos até que você aprenda como é a terra aqui fora.

Normalmente, eu não gostaria que alguém me desse conselhos sobre o que fazer e ou não. Mas posso ouvir as boas intenções no tom de Xavier.

Ele sabe que posso cuidar de mim mesmo.

No entanto, Caja... ela é vulnerável. Não apenas como Ômega, mas por causa da vida preciosa que cresce dentro dela. Como lobos, todos podem sentir que ela está grávida. Não importa em que estágio esteja... seus feromônios já estão mudando.

— Acho que vamos ficar na cúpula por enquanto — digo a ele. É grande o suficiente para uma longa corrida. Além disso, há algumas cachoeiras bonitas que sei que chamaram a atenção da minha companheira.

Talvez possamos ir até lá e encontrar outra lagoa.

Ou uma caverna.

Porque eu quero dar o nó em minha Ômega contra as rochas.

Era algo que eu esperava ansiosamente quando a deixei naquela caverna, mas nunca tive a chance de realizar essa fantasia.

Portanto, vamos criar uma nova.

O jato faz barulho e a contagem regressiva está provavelmente iniciando no sistema de alto-falantes interno. Estamos todos muito longe para ouvi-la, mesmo com nossos ouvidos de lobo.

Mas a autorização é necessária, pois a potência do jato exige uma distância segura.

Xavier está tenso, assim como todos os outros.

Philippe está no jato, e percebi que os dois se tornaram amigos muito próximos.

Francesca se aproxima e pega a mão de Xavier, apertando-a um pouco. Finjo não notar, principalmente quando ela o solta e ele a segura mais uma vez.

Não é incomum que Alfas se apaixonem uns pelos outros. Podemos ser mais compatíveis com Ômegas, mas isso não significa que todos acasalem com Ômegas.

Caja se enrola ao meu lado, com a mão em meu estômago enquanto o jato dispara para cima. Eu me pergunto se ela está pensando no jato que nos trouxe até aqui e como foi a sensação de voar em uma daquelas coisas.

Ou talvez ela esteja pensando na mesma coisa que eu: o acidente. Não estou preocupado com a barreira. Se Elias diz que pode enganá-la, acredito nele. Só estou pensando na última vez que estive em um jato como esse e como acabei aqui.

Parece que foi há meses.

Mas não foi assim há tanto tempo.

Ander vai fazer o possível para localizar as Ômegas nas ilhas vizinhas, e Xavier se ofereceu para enviar alguns barcos para missões de resgate, mas ele não pode ir muito além da Ilha Outcast, que fica logo ao lado.

Ander disse a ele para esperar. Ele vai ver quais informações consegue reunir primeiro.

Não estou esperançoso.

Eu falhei com aquelas Ômegas. Talvez eu nunca me perdoe por isso. Mas Caja ajuda. Ela não me culpa de forma alguma e diz que foi uma circunstância estranha do destino.

E aí está essa palavra de novo, penso, olhando para a fêmea que estou destinado a amar pelo resto de minha existência.

Companheiros destinados podem não ser algo que os lobos do X-Clan acreditem. Mas, com certeza, parece que estávamos destinados a nos encontrar.

Ela olha para mim, com seus grandes olhos negros cheios de confiança.

— Pronto para correr? — ela me pergunta baixinho.

Concordo e beijo sua cabeça.

O jato não passa de um pontinho no céu, tendo passado a barreira.

E todos aqui fora estão... boquiabertos.

Xavier, inclusive.

— E agora você sabe que a arrogância do Elias é justificada — comento.

Xavier pisca, depois engole em seco. Seu espanto é evidente. Mas tudo o que ele diz é:

— Preciso ligar para o Ander.

E sai em direção ao complexo.

Francesca balança a cabeça e curva os lábios em um sorriso.

— Ele vai te conquistar aos poucos.

— Claro — digo, não acreditando nisso nem por um segundo. — Por que você não é a segunda dele?

Ela dá de ombros.

— Porque ele precisa de alguém que o desafie, e não fui feita para isso.

— Você costumava me desafiar o tempo todo — digo a ela, incrédulo.

Seu sorriso retorna.

— Sim, é diferente. Eu gosto de irritar você. Mas o X... — Ela se interrompe e seus olhos assumem um ar sonhador. — Eu não desafio o X. Pelo menos, não dessa forma.

Não peço detalhes. Mas posso imaginar o que ela quer dizer.

As unhas de Caja cravam um pouco em minha camisa, atraindo meu foco de volta para ela. Minha Ômega está olhando para Francesca como se quisesse desafiá-la.

Minha pequena Ômega possessiva.

Decido ajudá-la a se livrar do ciúme, me inclinando e capturando sua boca com a minha, não em um beijo doce e casto, mas de uma forma profunda e reivindicadora que não deixa dúvidas sobre o que sinto por ela.

Isso também serve para mostrar a todos esses Alfas não acasalados aqui que ela é minha, não que algum deles tenha ousado olhar para ela. Mas isso garantirá que nenhum deles jamais o faça.

Caja se agarra a mim, gemendo enquanto eu a puxo ainda mais contra mim. Já estou duro, apesar de mais de uma semana de sexo. Já se passaram várias horas desde a última vez que a tomei. Eu ficaria feliz em fazer isso de novo agora, aqui mesmo.

Mas minha pequena companheira quer conhecer meu lobo.

— Vamos correr — digo contra sua boca.

Ela geme em protesto.

— Vamos fazer disso um jogo divertido de perseguição — acrescento. — E quando eu te pegar, o que vai acontecer, vou transar com você.

Ela se arrepia e seu grunhido se transforma em um gemido. Seus longos cílios negros tremulam quando ela pisca para mim.

— Acho que vou gostar disso.

— Ah, pequeno tesouro, sei que vai — digo a ela, sorrindo.

A maior parte da multidão – inclusive Francesca – já se afastou de nós quando me virei para a cúpula. E não demorou muito para encontrarmos um lugar seguro para nos despirmos para a corrida.

Caja me observa com um olhar faminto, percorrendo cada centímetro de minha pele exposta. Retribuo o favor da mesma forma e, em seguida, chamo minha fera para assumir o controle.

Ele praticamente salta da minha pele, mais do que pronto para conhecer oficialmente sua companheira.

Ela não muda imediatamente de posição, mas dá

um passo à frente para passar os dedos em meu pelo cinza-escuro, com o olhar cheio de admiração.

— Você tem traços prateados na pelagem — ela comenta, arrastando o toque até meu focinho totalmente preto. — Uau. — Seu toque vai até minhas orelhas de pontas pretas, depois desce pela minha cabeça até cobrir minha bochecha. — Você é um lobo muito bonito.

Meu animal emite um som que juro que significa "eu sei", depois se inclina contra a mão dela e fecha os olhos.

Ficamos assim por um longo momento, com o polegar dela traçando pequenos círculos em meu pelo.

Então, ela acaba me soltando e permite que seu animal saia para brincar.

Meu lobo rosna em aprovação, muito satisfeito com a pelagem preta e elegante, e a forma ágil de nossa pequena companheira. E ele demonstra seu prazer ao se aproximar e lhe dar uma mordiscada no pescoço. É um movimento dominador, mas também um voto de proteção.

Ela é nossa.

E nós somos dela.

Para todo sempre.

Vamos correr, penso e meu lobo grunhe em concordância.

Mas antes que possamos começar, nossa companheira foge para a natureza, indo direto para a cachoeira.

A língua da minha fera sai pela lateral da boca, seu

olhar é aguçado e focado e dá uma vantagem ao nosso tesouro.

Quando ela alcança a linha das árvores, nós decolamos.

E a perseguição à eternidade começa...

EPÍLOGO

CAJA

O QUE EU DISSE SOBRE SUBIR NO BALCÃO? — pergunto, com as mãos nos quadris enquanto encaro uma filhote de loba Ômega mal-humorada.

Uma filhote que ganiu indignada em resposta.

— Ouça a sua mãe, furacãozinho — Enrique murmura ao entrar na cozinha.

Hel — nosso furacãozinho — pula do balcão e corre para colocar as patas em cima de Enrique antes de voltar à forma humana.

— Papai! Papai! — ela fala, me fazendo soltar um suspiro.

É claro que você age como um anjinho agora, penso e faço uma careta para ela.

Mas uma inclinação desses pequenos lábios me faz resignar minha raiva. Porque, caramba, ela é realmente adorável.

Enrique a pega e a balança, com seus olhos escuros brilhando de orgulho.

— Ei, niña — ele diz, seu uso combinado de idiomas faz com que nosso monstrinho comece a balbuciar espanhol de volta para ele.

Nada disso faz sentido ainda.

De fato, não.

No entanto, algumas palavras-chave se destacam, a maioria delas envolvendo *mama* e *reglas*. Mamãe e regras. Parece certo.

Suspirando, volto a fazer a faxina e Enrique diz a Hel que há alguém que ele quer que ela conheça. Enrijeço quando percebo quem é essa pessoa.

Joseph.

Posso sentir seu cheiro agora que não estou consumida pelo alvejante em minhas mãos.

Dirijo meu olhar a Enrique, e há uma pergunta persistente em suas profundezas. *Você confia em mim?*, ele parece estar perguntando.

Confiar nele nunca foi um problema.

Mas Joseph... Joseph é um desconhecido.

Enrique trabalhou duro com ele durante a maior parte dos últimos três anos, permitindo que eu o visitasse apenas algumas vezes em ocasiões recentes.

E nenhuma delas foi favorável.

Joseph nunca foi maldoso ou cruel, apenas desinteressado. Como se não quisesse ter nada a ver comigo. Ele nem sequer olhava para mim.

Mas se Enrique acha que esse é o melhor passo, então confio em seu julgamento. Porque sei o que isso significa para ele. E sei como Hel é importante em sua vida. Ele jamais colocaria em risco a ela ou a mim.

Então, assinto.

Ele me dá um sorrisinho e inclina a cabeça em direção à sala de estar.

Engolindo em seco, eu o sigo e fico ao lado dos sofás. Eles são emoldurados por janelas com vista para as cachoeiras atrás do nosso prédio − um que Enrique escolheu para nós quando o Xavier nos deu a opção de onde morar na Ilha Venom.

Embora já estejamos aqui há mais de três anos, às vezes ainda parece novo.

Agora é uma dessas vezes.

Talvez porque eu esteja sempre com medo de que essa pequena bolha de utopia que Enrique e eu construímos juntos corra constantemente o risco de estourar.

Mas quando seu irmão entra em nossa casa, sinto meus ombros relaxarem. Porque ele está... *sorrindo*.

Acho que nunca vi Joseph sorrir.

— Você deve ser a Hel — ele diz à nossa pequena.

Ela não responde, mas se agarra ao pai como se ele fosse sua âncora na vida.

Eu entendo, porque também o vejo como a minha.

Enrique passa a mão pelas costas dela.

— Este é o seu tio Joseph — Enrique murmura. — Você reconhece o cheiro dele? É parecido com o meu.

Ele também se parece com você, penso. Eles podem ser gêmeos fraternos, mas têm o mesmo cabelo escuro e as mesmas íris. Mas os olhos de Joseph têm um brilho assombrado que, suspeito, nunca desaparecerá.

Hel inclina a cabeça para trás para farejar, contraindo o nariz pequeno.

— Por quê? — ela pergunta.

— Por que ele cheira como eu? — Enrique reformula a frase, certificando-se de que entendeu o que ela está perguntando.

— Sim — a menina concorda. — Por quê?

— Porque ele é meu irmão gêmeo — ele explica. — Sabe como o papai vive dizendo que quer que a mamãe te dê uma irmã ou um irmão?

Estreito os olhos e me certifico de que ele possa sentir minha resposta a isso por meio de nosso vínculo.

Ele contorce os lábios, mas não reconhece o fato de que *de jeito nenhum* está vibrando dentro de mim em resposta a mais filhos.

Ainda não, pelo menos.

Hel é uma criança difícil de lidar.

Além disso, não sei se meu coração aguentaria ter outro. Amo tanto nossa filha e Enrique que não tenho certeza de que há espaço para mais.

Mas Enrique está convencido de que há.

Felizmente, ele não está me pressionando. Está apenas se certificando de que eu saiba que ele está muito aberto a me dar mais filhotes.

E muitos e muitos nós.

— Sim — Hel murmura, respondendo à pergunta de Enrique. — Mas a mamãe diz que não.

— Isso mesmo, furacãozinho. É o que ela diz — ele responde, piscando para mim por cima do ombro.

— Mamãe também não vai mudar de ideia — respondo.

— Vamos ver — ele murmura.

— Não. Não, não vamos.

Ele apenas olha para mim com um daqueles olhares ardentes que fazem meus joelhos fraquejarem.

Tento encará-lo. Mas tenho certeza de que o meu olhar é totalmente diferente, porque suas narinas se dilatam.

— Sua mãe e seu pai fazem muito isso? — Joseph pergunta enquanto se agacha para se aproximar do nível de Hel.

Ela assente bruscamente, com as mãozinhas ainda agarradas a Enrique.

Joseph assente junto com ela.

— É porque eles te amam muito.

Hel franze o narizinho.

— É?

— Sim — ele diz a ela. — Percebo isso pelo modo como seu pai olha para sua mãe. É como eu costumava olhar para minha companheira.

Os ombros de Enrique enrijecem com as palavras de Joseph, mas seu irmão não percebe ou não reage a isso.

Ele inclina a cabeça para o lado e pergunta:

— Então, por que te deram o nome de Hel?

Nossa filha aperta os lábios para o lado e olha para Enrique.

— Papai?

Ele se junta ao irmão na posição de cócoras, mas seus ombros permanecem tensos com o movimento.

— Nós já te contamos essa história antes, furacãozinho. Você quer ouvir de novo?

Ela concorda.

— Sim.

Enrique sorri e se levanta, pegando-a no colo, depois vai se sentar no sofá.

Durante o processo, Hel me alcança, deixando claro que quer que eu me junte a ela.

Quando o faço, ela se arrasta para o espaço entre nós e encosta a cabeça em meu ombro e Joseph se senta em uma cadeira. Seus movimentos lentos parecem propositais, como se ele estivesse pensando em tudo antes de fazer. Mas quando ele se acomoda em seu assento, é o epítome da calma.

Se não fosse pelo tormento sombrio que permanece em seu olhar, eu quase acreditaria em sua fachada.

— Mamãe e papai vieram parar aqui por causa de uma Ômega chamada Hel. Acreditamos que ela desempenhou um papel importante em nossa união. Por isso, decidimos dar o nome dela à nossa pequena Ômega. — Ele segura a mandíbula da nossa filha enquanto fala e se inclina para dar um beijo em sua cabeça.

— Hel também é uma Ômega valente — acrescento, usando o tempo presente porque sei que ela está viva. Não nos falamos. No entanto, Ander descobriu, por meio de seu contato, que ela não só foi encontrada, mas também está muito feliz com o acasalamento. Assim como eu.

Pelo que ele conseguiu descobrir, a maioria das Ômegas sobreviveu. Apenas algumas não foram encontradas. Como Guðrún. No entanto, há rumores de uma mudança de poder nos ninhos de vampiros e gosto de pensar que isso tem algo a ver com ela.

— O que é va-len-te? — Hel pergunta.

— Valente — repito em tom gentil. — Significa que ela é corajosa.

— Assim como você — Enrique acrescenta, tocando no nariz dela. — E como sua mãe.

— Ainda não vou te dar um segundo filhote — digo a ele. Embora nós dois saibamos que estou mentindo. Um dia eu darei. Mas... ainda não.

Ele dá uma risadinha.

— Sempre pensando no meu nó, tesoro.

Hel olha para ele.

— O que é um nó?

A diversão dele desaparece.

— Algo que você nunca vai conhecer.

Eu bufo.

Ele estreita os olhos.

— *Nunca* — ele repete.

Eu apenas dou de ombros.

— É assim — Joseph diz, me assustando. Estou prestes a pular do sofá para impedir o que quer que ele esteja fazendo quando vejo que ele está segurando o sapato. — Tenho dificuldade para amarrar meus cadarços, então dou um nó neles.

Minha respiração me deixa trêmula e meu corpo parece desaparecer. Porque, uau. Eu... eu não esperava que ele dissesse isso. Ou que dissesse qualquer coisa.

— Oh. — Ela torce os lábios novamente. — Por quê?

— Por que tenho dificuldade? — ele pergunta, fazendo o que Enrique faz quando está tentando descobrir o que Hel está realmente perguntando.

Ela assente.

— Sim. Por quê?

— Porque minhas mãos tremem muito hoje em dia — ele diz baixinho e suas palavras partem meu coração.

— Por quê? — ela pergunta.

— Porque elas tremem — ele responde, dando de ombros. — Às vezes, acontecem coisas que não podemos explicar.

— Ah. — Ela considera isso por um momento, depois continua com sua pergunta favorita. — Por quê?

Ele ri um pouco, o som enferrujado por natureza.

— Magia.

Ela assente de novo como se entendesse. Então, ela olha para Enrique.

— O que é magia?

Ele suspira, lança um olhar exasperado para o irmão e tenta definir o conceito para nossa filha.

A conversa segue como esperado, com muitas perguntas da nossa lobinha. Quando elas terminam, já está quase na hora de Hel dormir, então eu a levo para o quarto para começar a rotina.

Enrique se junta a nós um pouco mais tarde para dar um beijo de boa noite e depois volta para Joseph no outro cômodo.

Mais de uma hora depois, deixo Hel dormindo e encontro Joseph conversando com Enrique na varanda, do lado de fora da sala de jantar. Eles estão em uma conversa profunda, que não quero interromper. Por isso, vou me preparar para dormir.

— Joseph pediu para te agradecer por tê-lo deixado conhecer a Hel — Enrique me diz ao entrar no banheiro, onde estou de roupão. — Acho que isso o ajudou.

— Acha?

Ele assente.

— Ele precisa de... normalidade. Algo que o tire de sua cabeça.

— Ele voltou para seus aposentos? — pergunto com cuidado, ciente de que Joseph não vive entre os outros. Ele fica em uma cabana fora da cúpula, o que é muito melhor do que o quarto acolchoado em que vivia antes.

— Sim — Enrique murmura. — Ele precisa fazer as malas.

Franzo a testa e me viro para encarar meu companheiro.

— Fazer as malas?

Ele assente de novo e seu olhar se fixa no meu.

— Ele está indo para o Território Andorra amanhã. Para ver a Savi.

Entreabro os lábios.

— O quê? — Ele se recusou a vê-la por meses. — Ele finalmente está pronto?

Enrique bufa.

— Não. Nem um pouco. Mas precisa fazer isso. Ele tem que vê-la. Porque, se a presença dele não a acordar do coma, então nada mais o fará. E então...

Engulo em seco.

— E então... — *O mais humano seria deixá-la morrer*, penso, terminando a frase com um arrepio.

Ele me puxa para os seus braços, com o queixo apoiado no topo da minha cabeça.

— Isso tem que dar certo — ele sussurra. — Tem que dar.

Assinto, concordando com ele.

Mas não posso deixar de me perguntar: *e se não funcionar?*

Ele me abraça por um tempo, sem dúvida sentindo minha tristeza e preocupação por meio do nosso vínculo. Depois, ele me puxa para o quarto, onde me tira o roupão antes de tirar suas próprias roupas.

— Preciso abraçá-la em seu ninho esta noite — ele me diz. — Por favor, tesouro.

— Você sempre pode me abraçar — murmuro. — Eu sou sua.

— E eu sou seu — ele ecoa, me levantando em seus braços para nos acomodar em meu refúgio de travesseiros.

Nosso refúgio de travesseiros.

— É o *nosso* ninho, Enrique — eu o lembro.

— Eu sei. Mas gosto de ouvir você me corrigir — ele admite, com o rosto em meu cabelo enquanto me abraça. — Assim como gosto de ouvir você me negar.

— Não estamos discutindo um segundo filhote agora — murmuro.

Ele dá uma risadinha.

— Não. Mas talvez na próxima semana, durante seu cio?

Rosno, fazendo-o rir ainda mais.

— Eu te amo, pequeno tesouro — ele sussurra. — Eu te amo muito.

— Conversa fiada não vai te dar outro filhote —

murmuro, fazendo com que ele me empurre para me deitar de costas à medida que se eleva sobre mim.

— Não, meu nó vai me dar outro filhote — ele diz. — A conversa fiada é só para eu adorar minha companheira.

Reviro os olhos.

— Você está tentando me seduzir.

— Sempre — ele admite. — Mas valorizo seu consentimento, Caja. Sabe disso, certo?

Eu sei.

Ele nunca me forçou a fazer nada.

Nunca me tomou contra minha vontade.

Sempre garantiu meu conforto acima de tudo.

E me completa em todos os sentidos.

Porque ele é o meu Alfa. Meu companheiro. Meu lobo perfeito.

Acaricio sua bochecha e sorrio.

— Eu também te amo — digo a ele. — Mais do que eu jamais pensei ser possível.

E o mesmo vale para o nosso furacãozinho.

Nossa Hel.

— Você me deu motivos para respirar — murmuro. — E por isso, sempre serei grata.

— Assim como você me proporcionou um futuro que eu nunca soube que precisava — ele sussurra de volta para mim. — E por isso, eu sempre serei seu.

CENA BÔNUS

CAJA

Enrique está bem atrás de mim. Não posso ouvi-lo, mas posso senti-lo.

Deuses, seu lobo é lindo. Grande e poderoso. Com elegantes marcas pretas entrelaçadas com o pelo cinza-prateado. Quero acariciá-lo, abraçá-lo, talvez tirar um cochilo.

Mas então, me lembro de sua promessa de me perseguir.

— *E quando eu a pegar, o que vai acontecer é que vou transar com você.*

Meu interior estremece de prazer.

Eu quero isso. Quero que ele me pegue. Que me coma. Que me *dê o nó*.

Mas também quero fazê-lo trabalhar para isso. Para provar que sou uma companheira digna. Digna *dele*.

Subo a escada rochosa perto de uma das cachoeiras da cúpula, determinada a ultrapassar meu Alfa. Seu tamanho faz com que seja mais difícil para ele se espremer em espaços pequenos, o que me dá uma vantagem quando me escondo atrás da água corrente e localizo uma parte baixa de rocha suspensa. Rastejo por baixo dela e saio do outro lado, depois olho para trás e o vejo olhar para mim através do pequeno espaço.

Minha loba sorri.

Mas ouço muito bem o rosnado de seu lobo.

Ele terá que encontrar outra maneira de me pegar.

Corro novamente, tomando cuidado para não cair na superfície escorregadia de pedra, e troto pela parte inferior da cachoeira até uma saliência que parece emoldurar a montanha.

Não estou muito longe, talvez uns cinco ou seis metros, mas é o suficiente para que ele não possa me alcançar aqui.

Algo de que ele me deixa ciente quando desce de volta e me vê na borda do penhasco.

Ele solta outro rosnado, este com um toque de cautela. *Tenha cuidado*, ele está me dizendo.

Não que eu precise do aviso.

Estou muito consciente da vida preciosa que existe dentro de mim, assim como minha loba. Não faremos nada que nos prejudique ou ao nosso filhote.

Mas minha loba e eu vamos jogar esse jogo de perseguição com meu companheiro.

Meu animal corre pela trilha fina em direção à outra cachoeira, depois faz uma pausa para procurar Enrique novamente.

Mas ele não está lá.

Franzo a testa enquanto meu animal se arrasta para trás da nova cachoeira para avaliar as pedras abaixo dela. Mas, em vez disso, encontramos uma bela lagoa, que me lembra a caverna onde me escondi antes na ilha.

É quente e aconchegante, com respingos de luz iluminando os verdes e azuis da água e da vida selvagem ao redor.

Uau, fico maravilhada quando minha loba se aproxima para tocar a água. *É quente e...*

Um peso enorme me atinge pela lateral, me derruba na lagoa e faz com que eu grite por dentro. Estou prestes a me deslocar para recuperar o acesso aos meus braços quando percebo que a água não é profunda aqui. Talvez alguns centímetros.

Minha loba se levanta e sacode seu pelo, mas paralisa quando mandíbulas enormes se prendem em nossa nuca.

Enrique.

Ele é a fonte do peso.

Ele não nos bateu com força, apenas nos empurrou para a água, e agora está se debruçando sobre nós em triunfo, com seu grande focinho preso ao meu pescoço.

Meu animal se submete instantaneamente, inclinando-se para ele e deixando-o saber que ela é dele em todos os sentidos.

Não tenho certeza de como ele se aproximou de nós ou de onde veio, mas tanto eu quanto minha loba aprovamos. Porque é emocionante como ele é poderoso, quieto e forte. Um caçador brilhante. O protetor perfeito.

E ele é meu, penso. *Todo. Meu.*

Ele me solta gradualmente e depois encosta seu focinho no meu.

Minha loba responde da mesma forma antes de se deitar e rolar de costas em uma pedra próxima, fora da água.

Ele se aproxima para investigar. Seu focinho percorre a garganta exposta dela antes de mordiscar sua boca.

Sorrio por dentro, gostando da maneira como nossos lobos estão brincando.

Mas há uma corrente subjacente de calor em minhas veias que me faz querer mudar de posição.

Meu Alfa deve sentir isso também, porque ele rosna e, no momento seguinte, nós dois estamos nos transformando em nossas formas humanas. Ele segura meu pescoço, cola a boca na minha em um instante, e seu corpo cobre o meu sobre a rocha.

Não há palavras.

Apenas mordidas, lambidas e muita língua.

Ele me pegou. Agora, ele vai me comer.

E eu estou muito bem com isso.

Ele segura meu seio e, com a outra mão ainda em volta do meu pescoço, devora minha boca. É tudo calor, paixão e intenção sensual.

Estremeço embaixo dele, envolvida em seu toque, seu domínio, seu *tudo*.

Porque essa é minha vida agora.

Eu sou dele.

Para sempre.

Não há mais futuro sombrio. Não há mais destinos horríveis.

Tudo o que vejo é luz.

Tudo o que vejo é *Enrique*.

Seus dentes afundam em meu lábio inferior, não com força suficiente para tirar sangue, mas com força suficiente para machucar. Em seguida, ele está beijando um caminho até minha orelha antes que eu possa retaliar.

— Vou te dar o nó bem aqui, Caja. Depois, vou arrastá-la para baixo da cachoeira e transar com você de novo enquanto a água desce ao nosso redor.

Eu me arrepio com aquelas intenções maliciosas, que despertam uma miríade de visões em minha mente.

— Sim.

A ideia de ele me enlaçar em qualquer lugar me atrai.

Eu só o quero dentro de mim, me reivindicando como sua da maneira mais intrínseca.

Ele separa minhas pernas e encosta a cabeça na minha entrada, sem se preocupar com preliminares. Porque não são necessárias. Aquela perseguição já foi preliminar suficiente. E seu beijo... não preciso de mais nada. Apenas dele. Sempre dele.

Enrique me penetra, me forçando a levá-lo até o fim, sem aviso. Minhas costas se curvam contra a rocha, mas ele me empurra de volta para baixo, adotando um ritmo que deveria doer, mas não dói. A sensação é boa. Incrível. *Perfeita*.

A mão em meu pescoço segue para a minha nuca

enquanto ele me beija novamente, a oposta vai para o meu quadril para me segurar onde ele quer.

Deuses, esse homem é poderoso.

Adoro sentir sua força contra mim, seus músculos se flexionando a cada investida selvagem.

É erótico.

É eufórico.

É... é...

Grito quando seu nó explode dentro de mim sem aviso, o clímax me forçando a alcançar o ápice com ele em um orgasmo arrebatador que rouba minha respiração. Minha visão. Minha *vida*.

Juro que acabei de morrer.

Apenas para ser trazida de volta por um espasmo que se espalha por todo o meu corpo.

Ele ainda está se movendo, flexionando os quadris enquanto me come com seu *nó*.

— *Enrique* — gemo. Meu interior arde com seu sêmen e a fricção de seu nó em movimento. — Demais — ofego. — Demais.

— Você pode aguentar, tesoro — ele me diz e me dá um beijo. — Apenas relaxe e me deixe te dar prazer.

É difícil obedecer a esse pedido – ou *seria uma ordem?* –, mas eu tento. Ele me levanta da rocha, fazendo com que minhas pernas se apertem em torno dele automaticamente, assim como meu interior.

Um grito agudo sai de mim quando seu nó se aprofunda.

E, de repente, estou vendo estrelas.

Do tipo brilhante.

Do tipo quente.

Do tipo *orgástico*.

Enrique ronrona contra mim, e seu rosnado provoca uma nova onda de necessidade dentro, apesar do meu atual estado de prazer.

Não sei como ele está fazendo isso.

E não faço perguntas.

Eu apenas... deixo que ele me conduza. Deixo que ele me leve para onde quiser. Deixo que ele me dê os nós que quiser.

O som de água corrente chega aos meus ouvidos e, de repente, ela está caindo ao nosso redor, me afogando em um mar de calor.

Enrique desce em uma lagoa com o sol brilhando no alto, depois se apoia em outra rocha. Mas, em vez de me colocar sobre ela, ele diz:

— Coloque as mãos para trás para se manter em pé.

Eu me arrepio, mas faço o que ele diz.

Então, ele agarra meus quadris e começa a se mover lentamente contra mim.

Seu nó alcança um ponto tão incrivelmente profundo, que cada deslocamento para trás cria um tipo de aperto delicioso, que ele alivia com um movimento para frente.

É intenso.

E está me mantendo em um estado de felicidade perpétua.

Felicidade que não diminui até que o nó dele finalmente se solte.

Para que volte logo em seguida, quando ele começa a me penetrar novamente.

Estou rouca de tanto gritar, minhas unhas estão praticamente cravadas na rocha atrás de mim.

É avassalador. É incrível. *Somos nós.*

Ofego seu nome, grito pedindo mais e, por fim, desmaio quando ele nos conecta novamente.

O prazer é demais. Não consigo mais enxergar, apesar do sol brilhante acima. Estou totalmente perdida em meu Alfa. Meu Enrique. Meu *companheiro*.

E ele está murmurando coisas doces em meu ouvido, me elogiando por tê-lo levado, me agradecendo por confiar nele e prometendo me fazer gozar assim todos os dias pelo resto de nossas vidas.

Aceno, grogue, percebendo tardiamente que ele está ronronando. Tento me aconchegar, mas ele ainda está em cima de mim, com o pênis profundamente dentro de mim, com o nó pulsando.

Enquanto isso, estou em êxtase na rocha, respirando fundo e tentando me lembrar de como funcionar.

Por fim, o mundo parece se endireitar.

Ou talvez seja apenas eu quando me sento.

Ele segura minha nuca para me manter ali, sua força me mantém no lugar quando começo a oscilar.

Seguro seu ombro e apoio a outra mão em seu peito no momento em que o nó escorrega para fora de mim.

Um sorriso preguiçoso se insinua em meus lábios, do tipo que nasce da exaustão e da plenitude. Um novo tipo de sorriso que eu não sabia que era capaz de exibir ou mesmo abraçar. Mas aqui está ele.

Aqui estamos nós.

E não há nenhum outro lugar em que eu preferiria estar.

Olho para baixo, para sua masculinidade pronunciada, notando que meu companheiro já está duro. Assim como eu já estou molhada.

Portanto, só há realmente uma coisa a dizer.

Uma exigência que faço em uma expiração rouca.

— *De novo.*

Obrigada por ler a história de Enrique e Caja!

Lexi C. Foss é uma escritora perdida no mundo do TI. Ela mora em Holly Springs, na North Carolina, com o marido e seus filhos de pelos. Quando não está escrevendo, está ocupada riscando itens da sua lista de viagem. Muitos dos lugares que visitou podem ser vistos em seus textos, incluindo o mundo mítico de Hydria, que é baseado em Hydra nas ilhas gregas. Ela é peculiar, consome café demais e adora nadar.

https://www.lexicfoss.com/Inicio

MAIS LIVROS DE LEXI C. FOSS

Série Aliança de Sangue

Inocência Perdida

Liberdade Perdida

Resistência Perdida

Rebeldia Perdida

Realeza Perdida

Crueldade Perdida

Eternidade Perdida

Universo da Aliança de Sangue

Desejo

Dia de Sangue

Rainha dos Elementos

Livro Um

Livro Dois

Livro Três

O Próximo Reinado

Rainha dos Vampiros

Livro Um

Livro Dois

Livro Três

Livro Quatro

Outras séries sobre o universo Fae:

Rainha Fae do Inverno

Série X-Clan

A origem

Território Andorra

O experimento

A Flecha de Winter

Território Bariloche

Ilha Venom

Série V-Clan

Território de Sangue

Território Noturno

Território Eclipse

Território Kodiak

Outros Livros

Ilha Carnage

Reivindicação

A Ômega Perdida